eromanga sensei
情色漫畫老師
伏見つかさ
插畫◆かんざきひろ
山田小妖精
逆轉勝利
之章
12
Kadokawa Fantastic Novels

contents

eromanga sensei

山田小妖精
逆轉勝利
之章

情色漫畫老師

12

伏見つかさ

插畫◆かんざきひろ

Kadokawa Fantastic Nove

情色漫畫老師
ero manga sensei
第一章

第一章

我是和泉正宗，十六歲的高中二年級生。

是名邊上學邊撰寫輕小說的兼職作家。

筆名是和泉征宗。

由於各種緣故，從兩年前開始跟家裡蹲的妹妹一起生活。

這樣的生活是在一年前產生了重大變化。

我得知妹妹「隱藏的祕密」。

為我的小說繪製插畫的插畫家「情色漫畫老師」。

那個人正是我的妹妹——和泉紗霧。

……大概是這樣吧。

照慣例講述前情提要的機會看來也已經所剩無幾。

我與妹妹的故事已經度過佳境，再來只須迎接快樂結局——…………

這時候的我，突然這麼想。

現在毫無疑問已經接近尾聲了。如果這是部小說，而且又是「我和紗霧的故事」，那想必——會更加和緩而且平穩地結束吧。

可是啊。

這是「我們的故事」。

「我們的故事」裡，有山田妖精登場。

異想天開又破天荒，總是有如一股強大能源的那個傢伙，可不會允許和緩又平穩的發展。

沒錯。

這次——

從她帶著逆轉策略（劇情高潮）現身的那個瞬間開始。

「征宗！紗霧！讓你們久等啦——主角在此登場！」

紗霧的房間裡響起如同雷鳴般的聲音。

敞開的陽臺上，有名金髮美少女站在那邊。

她是山田妖精。

是我和紗霧的親朋好友，同時也是勁敵——這種關係實在無法用三言兩語講完。

她在我跟紗霧即將第一次接吻前進來攪局，毫不羞愧地挺起胸膛，擺出架式。

「本小姐前來逆轉戰局啦！」

面對這威風凜凜的勝利宣言，我們一時說不出話來。

勉強可以發出的——

「妖、妖精……妳喔……妳實在……唔……！」

只有無法化為言語的聲音而已。

妖精的嘴角得意地上揚。

「呵呼呼……真是不錯的表情呢，征宗！紗霧！明明再一下下就親到了——你們應該是這樣想的吧？」

「才——才沒有那種事！」

紗霧滿臉通紅地否定。

「比、比起這個……小妖精，妳是來幹嘛的！」

「這不是講過了嗎？本小姐是來逆、轉、戰、局的喔♪」

哼哼，她充滿自信地把雙手交叉在胸前。

妖精彎下腰來，迅速把臉靠向坐著的我們。

「征宗跟紗霧，你們正式開始交往，也約定好要結婚，讓使出全力打算決一死戰的村征壯烈犧牲。」

嘻嘻，她露出雪白牙齒笑著。

「如果這是戀愛喜劇輕小說的話，那本小姐山田小妖精已經沒有任～何勝算。明明是如～此可愛美麗又體貼的超棒女孩子，卻淪為可悲的敗戰女主角。紗霧理所當然地獲勝，故事到此結束。讀者們應該也是這麼想的吧？」

「唔……又講些讓人聽不懂的話。」

紗霧不滿地鼓起臉頰。

想必妖精也很清楚，她們的對話只是在雞同鴨講。

她正面面對紗霧，自顧自地講下去。

「如果本小姐在這時候獲勝的話，妳不覺得超有趣的嗎？」

「完全不覺得。」

「標題就取名為『山田小妖精逆轉勝利之章！』這樣如何呢？」

「標題的品味也太古老了。」

「這樣簡單易懂，復古潮流反而帥氣吧？」

「沒人會對大逆轉感到高興啦，主流劇情才是最棒的。」

紗霧趴在地上移動，來到我跟妖精之間坐鎮。

雖然不想用這種比喻……但這姿勢就像母貓要保護小貓一般。

「哥哥是我的，不會交給任何人。」

去、去。她對妖精做出「快點走開」的手勢。

「妳還是老樣子，獨占欲望就是如此強烈。呵呵，你被深愛著呢~征宗♪」

「沒錯吧？我真是個幸福的人。」

「……在這種時候還能毫不害臊地回答才是征宗呢，真有鐵壁情侶的感覺。唉，真是教人嫉妒。」

妖精兩手攤開並搖搖頭。

面對展露出游刃有餘態度的妖精，紗霧瞇起眼睛詢問：

「……妳打算怎麼逆轉戰局？」

「妳就是這樣，完全不會疏忽大意。」

「當然不會疏忽。雖然哥哥是屬於我的，他最喜歡的人也是我……」

紗霧臉頰瞬間變得火紅……然後害羞地這麼說。

連我都在旁邊聽到臉頰發熱了。

紗霧凜然注視妖精。

「但是我對小妖精還有小村征，絕對不會疏忽大意。」

「是嗎？呵呵，這樣的戒心真讓人開心，代表妳是把本小姐『當成競爭對手來看待』呢。即使身處這樣的銅牆鐵壁之中，從旁人眼中看來明明已是跟獲勝沒兩樣的狀況——但戰局說不定還是會被本小姐逆轉。紗霧，妳是這樣想的對吧？」

「…………………」

「…………………」

雙方默默注視著對方。

相較於紗霧嚴厲的瞪視，妖精則嘻嘻地微笑著。

顯現出強烈對比的畫面。

最後妖精閉起一隻眼睛說：

「我說，征宗，對本小姐而言，撰寫輕小說就像在玩遊戲一樣——以前本小姐應該說過這樣的話吧？」

「嗯，是第一次見面時說的。」

那時候我們對工作的方針意見不合——我好像還覺得她實在是個討人厭的傢伙。

「真懷念呢。」

「……就是說啊。」

現在，我跟妖精想必都在想著相同的情景。

她發出惡作劇般的嘻嘻笑聲。

「沒錯！輕小說的執筆跟玩遊戲非常相似！其中，戀愛喜劇就是益智遊戲！這個我之前有講過嗎？」

「有講過，不過沒聽妳解釋原因就是。」

「征宗！讓本小姐這個大前輩來告訴你！戀愛喜劇的重點！就是配置好的角色之間，人際關係劇烈產生變動的這個部分。」

妖精猛力豎起食指，自豪又斬釘截鐵地說。

這個模樣跟平常很跩地對我——對後輩作家長篇大論時一模一樣。

但終究來說，這實在不是硬闖進別人親吻場景時該講的話。

這一點也超有妖精的風格。

「我們身為作者，得經過仔細思考再來組成連鎖，藉此架構作品，然後看準時機找個好地方來引爆炸彈。這麼一來——人際關係將一口氣產生變動！對第一印象糟糕至極的後輩感到臉紅心跳，轉學生突然變成令人在意的對象，感情不好的兄妹之間稍微解開一些誤會——從『最糟的關係』反轉為讓人最為期待的狀況——就此開始逆轉。簡直就像在益智遊戲發動大型連鎖反應一樣呢，真的讓人感覺超級爽快！」

這傢伙就是像這樣的人。

「不管本小姐！還是讀者！都覺得超有趣喔！」

我對她的這個特質——

「哼——」

紗霧發出的聲音，有著脖子被刀刃抵住般的冰冷感觸。

「那妳要怎麼逆轉呢？」

「真是個好問題呢，紗霧！」

相較於不滿地瞪著自己的紗霧，妖精始終以友好的態度來回應她。

紗霧看起來相當生氣，卻也逐漸失了那樣的氣勢。

無論搞出多麼亂七八糟的事情，都不會真的討厭她。

山田妖精就是這樣的女孩子。

「戀愛喜劇跟益智遊戲很相似——本小姐覺得啊，現實中的戀愛也一樣。戀愛這種事情，就是讓人際關係依照自己的希望來產生變化。」

「我跟哥哥都不是輕小說的角色，才不會按照作者的想法來行動。」

「輕小說的角色當然不會按照作者的想法來行動吧？」

所以才很相似喔——妖精這麼說著。

「本小姐對於現實的戀愛，也會經過仔細思考然後解題。為了連接起本小姐內心所描繪的未來。」

「那是指……小妖精要贏過我，然後跟哥哥結婚的未來嗎？」

「到最近為止，是這麼想的沒錯。但是——現在不同了。從紗霧身邊把征宗奪走，讓他變成屬於本小姐的人——跟他結婚，過著幸福的生活。那樣子，好像哪邊不太對勁——總覺得那不是本小姐期望的最佳未來。」

她把彎起的手指抵在嘴唇上，小聲自言自語著。

「所謂的益智遊戲呀，如果不細心畫好設計圖，仔細建立好基礎，是不會成為好遊戲的喔。本小姐必須靠自己的力量徹底弄清楚『本小姐期望的最佳未來』是什麼才行，那樣才終於能開始思考『為此必須做些什麼』喔。」

就跟創作一樣——她閉起一隻眼睛這麼說。

紗霧瞇起眼睛催促。

「所以？」

「你們願意聽聽看嗎？本小姐為了逆轉戰局，由本小姐定下的必要執行事項。」

我跟紗霧互看一眼，一起點點頭。

真是奇怪的話題，我有種很怪的感覺。

畢竟接下來都要聽她講「讓我跟紗霧疏遠的計策」了……

為什麼我們還愉快地期待著會有多麼異想天開的台詞從妖精口中冒出來呢？

「山田小妖精逆轉的第一道祕策——」

就這樣，她開口說：

「本小姐要把紗霧鍛鍊成超可愛又充滿魅力的女孩子！」

聽到妖精講出口的「祕策」，我們感到困惑，再次互相對望。

接著重新面向雙手抱胸，看起來很跩的妖精。

「？……？？？……這是什麼意思？」

紗霧如此詢問。聽到這個理所當然的疑問後，妖精用得意的表情開始解說。

「呵呵……一臉無法理解的表情呢。沒錯，你們現在是這樣想的吧——」

「紗霧已經是世界上最棒最可愛的了，妳還打算要怎麼樣啊？」

「——喂，那邊的妹控！請不要摻雜跟預料中不同的台詞進來好嗎！重來一次！」

妖精像是要說「剛才的不算！」一般猛力揮舞雙手。

她輕咳一聲後，接著重複之前的台詞。

「沒錯，你們現在是這樣想的吧——為什麼妖精想逆轉戰局，卻需要讓紗霧變得更可愛呢？做這種事情的話，妖精不就變得更加不利嗎——是這樣吧！」

妖精自己列出來的疑問將我跟紗霧的內心話正確地代答了出來。

她露出如同教師般的笑容。

「本小姐說過這就像在解題吧？一切都是為了創造出勝利之路。為了達到對本小姐而言最棒的未來，即使暫時處於不利也無可奈何——不對，不是這樣。沒錯——這正如本小姐所望！」

「小妖精說的最棒的未來……是什麼？」

「嘻嘻，很在意嗎？很在意對吧？會很在意沒錯吧？」

面對不斷把臉靠過來的妖精，紗霧似乎感到很煩躁。

妖精把手指抵在嘴唇上，一隻眼睛閉起，擺出「安靜」的手勢。

「現在還是祕密！不過這對紗霧而言不是壞事喔！」

「……總覺得有不好的預感。」

紗霧瞇起眼睛抬頭看著妖精。

「哎呀，本小姐還真沒信用呢～」

她誇張地輕拍胸口。

「本小姐山田妖精，可曾做過任何會讓身為摯友的妳感到不快的事情嗎？」

「做過很多。」

「咦咦！有嗎！」

「之前因為小妖精去煽動情色漫畫老師(愛爾咪)G的關係，害我陷入了重大的危機之中。」

「……也有發生過那種事情呢。」

紗霧立刻回答，讓妖精額頭流下一道汗水。

「明明都說過『別這樣』了，卻還老是從陽臺跑進我的房間。」

「也有發生過那種事呢！」

別講成過去式啦，妳今天不就才又幹過這件事嗎？

「……小妖精總是毫無惡意地引發麻煩，所以才困擾……」

「是啊！真對不起！但基本上來說，本小姐應該沒有做出讓朋友討厭的事情才是！」

這傢伙道歉時還這麼跩。

不過，我覺得紗霧也差不多該把陽臺的門徹底鎖好了。

「所以啦。」妖精這麼說，強硬地修正話題。

「為了本小姐的計畫，必須讓紗霧變得超可愛！」

「雖然聽不太懂……但妳覺得我會說『好啊』嗎？明明哥哥說不定會因此被奪走。」

「嗯！本小姐覺得會喔——因為紗霧跟征宗都很在意本小姐的祕策對吧？感覺會很有趣呢～

你們是這樣想的吧？」

「…………………………」

我跟紗霧一起陷入沉默。

因為被她猜中了。

而且妖精斷言說「這對紗霧而言不是壞事」。

那麼，想必一定是這樣吧。現在妖精策劃的某件事，雖然無比可疑又奇怪……但即使如此，也不會讓我跟紗霧陷入不幸。

很自然地就可以如此相信。

想必紗霧一定也有跟我相同的想法吧。

「具體上來說，要怎麼做？」

她這麼催促妖精講下去。

「哦，妳有興趣了呢。」

「才不是，只是姑且先聽妳講講而已。」

「嘻嘻～這就夠了。首先嘛——從今天開始，本小姐將住進這個房間！」

「咦？」「啥？」

妖精意外的宣言讓我們瞪大雙眼。

「要住進這個家裡？那就是……妳的祕策？」

「稍微不太一樣喔。不是『這個家』，而是要住進『這個房間』。」

「意思是……？」

「就是本小姐要在這裡『跟紗霧一起生活』的意思喲。」

「真莫名其妙！為什麼會得出這種結論！」

我跟紗霧有完全相同的想法。妖精的祕策「要讓紗霧變得可愛」本身就已經很莫名其妙了，而現在要達成這件事的具體措施則是「要跟紗霧一起生活」……？

這兩件事都很莫名其妙啊！

我們騷動起來，但妖精彷彿連這種反應都預料到了，開口說：

「聽別人把話講到最後啦——征宗，你剛才講得很貼切呢。『紗霧已經是世界上最棒最可愛的了，妳還打算要怎麼樣啊？』我對這句話做出的回答是——」

妖精猛力指向紗霧，斬釘截鐵地說：

「講直接點，就是『提升女子力』！」

「喔、喔喔……！」

妖精出的題目，讓紗霧今天第一次發出佩服的聲音。

她一副充滿興趣的模樣，把身體探了出去。

「呵呵，紗霧似乎心裡有些頭緒呢……紗霧確實很可愛，即使還比不上本小姐，但是在我至今相遇的所有人當中，可以說是出類拔萃的素材。」

「我有異議！」

「好啦那邊的妹控，請你先閉嘴。雖然你的意見很重要，但現在沒有要請你發言。」

「…………」

「繼續說下去吧。雖然紗霧很可愛，是最棒的素材——但是卻沒有征宗主張的那麼完美無缺。所謂的完美女性不只外觀，連內在也都要很美麗——就像本小姐這樣呢！」

「我有異議！我認為紗霧連內在也是超級最棒的！」

「哥哥！不要講這種話啦！」

紗霧滿臉通紅地打了坐在旁邊的我的膝蓋。

看到這情景，讓妖精皺起眉頭。

「那邊的笨蛋情侶，真感謝你們一直把話題打斷喔。讓我們再次！回到主、題、上！本小姐講的紗霧的內在不是只論性格，還包含身為女孩子的貼心與技能，也就是在日本被稱為『女子力』的事物喔。」

女子力……女子力啊。

我就不多加贅述了，總之這是最近變得很難使用的詞語。

不過我覺得這是個有著溫柔含意的好單字。

跟我這充滿揣度的內心相反。

「沒錯——是女子力啊！紗霧！妳缺乏的就是女子力！」

妖精一副很懂的樣子，不斷喊著「女子力」。

被指出這一點的紗霧，兩眼瞇成可愛的><，膽怯地發出「嗚嗚……」的聲音。

她應該有自覺吧。

可是……

「我有異議！有異議啦！我認為最近的紗霧充滿了女子力與母性！畢竟她學會做料理與家事，而且肯動手去做了！」

「這本小姐知道，是征宗教她的吧？可是啊～即使如此，女子力依舊比男朋友還要低不是嗎？」

「嗚嗚……」

紗霧受到更嚴重的打擊，彷彿像是胸口被短刀刺穿般整個人往後仰。

「讓男朋友教導家事跟料理，變得稍微有些進步——即使如此，女子力還是沒有男朋友高，長年養成的家裡蹲性情也完全沒有改變。再加上，住在隔壁的美少女是擁有SSSSS等級女子力的超級女神……身為女孩子，這樣真的好嗎？」

「有什麼關係！超可愛的吧！」

「哥哥你閉嘴！」

「是！」

我姿勢端正地跪坐好，紗霧則……咬牙切齒地瞪著妖精。

「我覺得……這樣不太好。」

「就是說吧！這時就由本小姐！由擁有世界最高女子力的美少女山田妖精，來將妳鍛鍊成出色的少女！——從住進這個房間開始！」

「……住進來的意義是？」

「第一，可以指導到晚上妳睡著為止。第二，可以暫時阻止你們打情罵俏。」

「喂，妳說得太直接了吧！」

「第三，你們之前丟下本小姐舉辦睡衣派對！太狡猾了！也跟本小姐一起辦啦！」

「……只有第三項異常地充滿情感耶。」

這該不會是最主要的理由吧？

「第四，這是祕策的伏筆，所以還是祕密。這是很重要的部分，請你們要記住。預測之後會有什麼發展也很有趣，本小姐很推薦喲♪」

「哪有人自己這樣講的啊。」

我發出傻眼的聲音。

妖精似乎講到一個段落了，我按照她推薦的，稍微思考了一下。

是關於「山田小妖精逆轉的第一道祕策」這點。

「要把紗霧鍛鍊成超可愛又充滿魅力的女孩子！」雖然她這麼說了，但聽到這邊為止，我還是聽不太懂。

為什麼讓紗霧變可愛會是逆轉的祕策？

是基於什麼樣的道理，才會成為「妖精期望的未來」的布局呢？

這樣她不是只會陷入不利而已嗎——

一切都還不明朗。

就算要我預測，也只能舉雙手投降。

今後等第二、第三道祕策揭曉時……就可以得知了嗎……？

現階段來說……只能想成妖精因為上次感冒「錯失了跟紗霧變得更要好的機會」，所以想要藉此挽回。不如說如果這麼講的話，我就可以理解了。

不理會陷入沉思的我，妖精開口說：

「所以，紗霧覺得如何？要從今天開始跟本小姐一起生活嗎？」

「嗯……唔。該怎麼辦……才好？」

紗霧看起來相當煩惱的樣子。會對跟朋友在同一個房間裡生活這件事感到「煩惱」——光是抵達這個階段，就已經是從以前的紗霧身上無法想像得到的進步。

這應該是很好的傾向吧？

「只有一天的話還無所謂……但妳打算住上好幾天吧？」

「是打算那樣沒錯。」

「有朋友住進來，工作時會很礙事。」

「妳講得還真直接耶！」

「而且，我有點不安。這種事情……我從來沒做過。」

「妳之前不是也跟本小姐和村征一起住過好幾晚嗎？」

「因為那是住在不同的房間裡。」

「是啊～如果是住在同一個房間裡，一定會更開心喔。」

「嗯……是……啊。」

紗霧用力點了點頭。

「我覺得……一定是……那樣沒錯。」

想必，是回想起之前舉辦的「過夜留宿」了吧。我看見她露出微笑。

妖精仔細地看著紗霧的這副模樣。

接著，她慎選話語說：

「本小姐當然不會妨礙妳工作——當妳覺得受不了時，本小姐會立刻出去。在這方面妳就不用顧慮我了，因為本小姐就住在隔壁嘛。」

「嗯……那麼，應該沒問題……吧。」

紗霧點點頭。

「那就決定啦！嘻嘻，本小姐想了許多超有趣的計畫喲！」

就這樣——

妖精再次住進我們家。

這次是跟紗霧住在同一個房間裡。

唔嗯……

不管怎麼想，這對紗霧都有正面意義，所以我沒有插嘴。

山田妖精為了攻略和泉正宗的祕策……明明該是這樣的。

但第一步棋，卻把我排除在外了。

隔天——

「征宗！紗霧！本小姐來啦！」

妖精大清早就跑過來了。

正打算開始準備早餐的我和紗霧到玄關迎接妖精。

「小妖精，早安。」

「早安啊！紗霧！本小姐帶三明治過來了，一起吃吧。」

妖精閉起一邊眼睛，並高舉起籃子。她看向我們身穿圍裙的模樣——

「啊，早餐已經做好了嗎？」

「還沒有，才正準備要做。」

「這樣啊，那就好。昨天忘記講了——早點過來果然是對的呢。」

妖精以熟練的動作脫下鞋子，走進我們家。

雖說曾同居過一段時間，但她還真把這裡當自己家耶。

如果她要暫時住上一段時間，現在我們家裡包含京香姑姑，就成了四人家庭。

「紗霧，去叫一下京香姑姑，我來泡茶。」

「哥哥，這是麵包，所以禁止泡綠茶。」

「了解，那泡焙茶應該比較好吧？」

「…………你完全沒有搞懂嘛。我們的那幾份要用果汁或是紅茶這類的來搭配。」

看來會變成很熱鬧的早餐。

我、紗霧、妖精、京香姑姑。

家人齊聚在餐桌邊。

「來，刮目相看吧！這就是本小姐的和泉家風格早餐妖精麵包喔！」

妖精用宛如料理漫畫般的動作打開籃子的蓋子。

現身的是充滿鮮艷色彩的麵包們。說到妖精麵包，就是把吐司麵包塗上奶油或甜醬再灑上巧克力米而已，是道極為簡單的料理。

「這是媽——家母最擅長的料理。」

擅長的料理是妖精麵包。

……雖然是很失禮的想像……但想必就是那麼一回事吧。

「只不過，只有這樣的話營養不夠均衡。本小姐試著加上以蔬菜為主的三明治，弄成七色的擺盤，這樣應該有網羅到全家人的喜好才對。來，請享用吧。」

「「「我開動了。」」」

三人齊聲說道。

我首先把手伸向蔬菜三明治，咬了一口。

「征宗，如何啊……？」

「真不愧是妳做的。」

我喝了口焙茶並陳述感想。

「有好好做成和泉家的早餐。」

「嘿嘿～沒錯吧～？」

妖精開心地綻放笑容，並擺出小小的勝利姿勢。

讓我來解說一下。

「只要稍微多用一點油，紗霧就不會吃，某些調味料稍微用多一點也不會吃。她很挑食又吃不多，要準備菜單很困難呢。」

「對啊對啊！就是說啊！之前同居時，本小姐就徹底體會到了這一點！」

「因為人家是個美食家嘛，是個擁有纖細舌頭的家裡蹲。」

這句話可不該由妳自己來講。

「我不是在開玩笑，紗霧的味覺很敏銳。切細後加進去的紅蘿蔔她也能察覺到，然後就不吃，簡直跟離乳期的嬰兒一樣麻煩。在這種限制下，真虧征宗可以每天三餐都持續製作出不同內容耶，而且還只靠從附近超市買回來的食材。」

「不不不，要做出可以讓紗霧吃完的東西，也花上我一整年的時間啦。」

雖然同居時我有說明過，但妖精已經可以依照紗霧的喜好製作菜單這點才比較驚人。老實說，身為和泉家負責料理的人，有種輸了的感覺。

「本小姐在廚藝方面有著職業級的水準，沒必要覺得自己輸了。你身為家庭主夫毫無疑問有著一流水準，要有自信啦。」

「妳喔……超會猜我心裡想的事情耶。」

明明沒有講出口，卻可以讓對話成立。

「嘻嘻，因為本小姐都有好好看著征宗嘛。」

「…………………」

我微笑注視著妖精。這時紗霧「啊！」地放聲大喊。

「小妖精妳喔！是想用好吃的飯菜抓住哥哥的胃對不對！真不能大意！」

「現在才講這個幹嘛。這個作戰從半年之前就一——直持續在進行！」

山田妖精大師的外傳漫畫也請多指教♪

妖精用可愛的姿勢宣傳了外傳漫畫。

《情色漫畫老師 山田妖精大老師的純情戀愛餐》

第一、二集
漫畫／優木すず
電撃コミックスNEXT

「比起這件事，本小姐更想聽聽紗霧的感想。如何？這調味是配合了妳的喜好喲。」

「小妖精做的料理都非常好吃，我不用吃也知道。只不過，想贏過哥哥果然還是——」

紗霧咬下一口蔬菜三明治後……

「嗯——！」

臉頰泛起紅暈並整個人後仰。

「好好吃！跟哥哥做的差不多！」

「那就太好了呢！」

妖精綻放出如花朵般的笑容。

「呵呵～紗霧妳剛才為了講些嚴苛的評論，還刻意選擇去吃了自己不喜歡的紅蘿蔔三明治對不對～？」

「被發現啦。」

「即使如此還是很好吃吧？呵呵呵呵……本小姐！現在正滿足於強烈的征服感之中！」

「唔嗚嗚……感覺好像輸了一樣……」

「反正就算把紅蘿蔔藏起來也會被發現，那還不如乾脆反過來強調它，採用讓妳可以津津有味吃下去的方向來正面對決。因為不能使用太多調味料，本小姐用了各式各樣的蔬菜來調整味道。」

「給我食譜。」

我的感想只有這些。只要是有著討厭吃紅蘿蔔的孩子的家庭主夫都會這麼說。

「好啦好啦，之後再給你。坦白說啦，這裡頭放了不少高級食材，要用在每天做的菜單可能有點難。本小姐會附上代替用的食譜，就請你自行調整啦。」

「真是幫了大忙。」

這時候，原本獨自默默用著餐的京香姑姑她——

「山田小姐！」

「是、是的？」

就連妖精也被京香姑姑的魄力所震攝，回應變得很沒氣勢。

京香姑姑是位表情和聲音無法與內心產生連動的女性。我現在能稍微從中明白一點意思了……從剛才這恐怖的聲音裡，可以感受到真摯與敬意。

「可以請妳教我做菜嗎？」

「咦？」

「……如果我可以煮出讓孩子們高興的飯菜，應該也能大幅減輕正宗的負擔。」

「讓征宗教妳的話——啊，那樣可不行呢。」

「嗯嗯，為了減輕負擔卻反而讓他增加負擔的話就沒什麼意義了。」

「既然如此的話，那好吧。現在我也偶爾會教紗霧，多一名學生也沒問題。接下來每天的早餐，就由和泉家的女性成員一起來弄吧。」

「感謝妳。」

不只用了聲音跟表情，京香姑姑還用動作來表達了謝意。

「紗霧也沒問題吧？」

「嗯，我想多學一些料理。」

看來照這種趨勢，她們暫時是不會讓我參加早餐的準備工作了。

我覺得感激，又有點高興，也有點寂寞，有著很複雜的心情。

用餐結束後，雖然今天是星期日，但京香姑姑還是早早就出門了。

最近，我跟紗霧把分擔的家事做完後，會開始在客廳工作——大概是這樣的流程。

可是由於今天有妖精在，不管打掃還是洗衣服都一下子就解決了。

妖精現在跟紗霧黏在一起，似乎是在指導她怎麼把洗完的衣物摺好。

兩個女孩子一起跪坐在房間裡摺衣服的情景，看起來就如一對感情很好的姊妹般，讓人露出微笑。

——總覺得……妖精那傢伙，今天一直黏著紗霧耶。

這讓我內心有些許……模糊不清的事物在激盪著。

「哎呀，征宗……難道你在嫉妒嗎？」

在超級剛好的時機被這麼講，讓我嚇了一跳。

我朝聲音來源轉頭看去，發現妖精正看著我，把手抵在嘴邊呵呵笑著。

「看到妳們感情那麼好，我幹嘛要嫉妒啊？」

跟出口的話相反，我內心馬上接受這個理由，感到有點自我厭惡。

重新思考後，我老實承認，然後輕敲自己的頭。

「啊，不是……可能是那樣沒錯。嗯……我真是個討厭的傢伙。」

「沒差吧，那不是很普通的情感嗎？要好的人跟其他人變得親密起來，心裡都會不舒服吧。只不過——呵呵，本小姐很在意你是嫉妒哪一邊呢。」

那當然……是對於「紗霧」她「不是跟我而是一直跟妖精聊天」這點感到嫉妒吧。

……是這樣沒錯吧？

「是嗎？不是兩邊都嫉妒嗎？」

「…………………………」

我應該沒有講出口吧……

我板起面孔默不作聲，但是對這傢伙來說可能沒什麼意義。

「啊！」

這時紗霧突然放聲大喊。

「小妖精妳喔！是想採取故意親密地黏著我，好讓哥哥嫉妒的作戰吧！真是不能大意！」

「嘻嘻，這很難說呢～」

妖精裝作開玩笑地笑著，紗霧則生氣地鼓起臉頰——

但妳們兩個這樣反而看起來更要好喔。

上午的家事做完後，妖精先回到家裡，接著拖著巨大的行李箱回來了。我來到玄關迎接，幫

她把行李搬進來，同時詢問：

「這些是什麼？」

「衣服跟其他各種東西。」

「再怎麼說這也太多了吧？」

我以前也有說過，這傢伙就住在隔壁而已。

不管是瑣碎的生活用品還是衣服，需要特地帶過來東西應該很少才對。

「這個嘛，到時候你就知道啦。」

妖精不懷好意地笑著。

看來她似乎還有什麼企圖。

行李箱裡頭到底是什麼？雖然很在意，但既然她說到時候就知道，那我就等等看吧。

妖精站在樓梯上抬頭往上看。

「來吧，征宗，一起幫忙搬到我們的房間去。」

「好好好。」

她真的太適合命令別人了。

我感覺就像變成了大小姐的執事一樣。

我雙手提起行李箱，慎重地走上樓梯。

妖精在後頭跟著我上樓。

搬到紗霧的房門口後，我輕輕地將行李放下。

「嘿咻——這還滿重的耶。」

「辛苦啦。要不要讓本小姐這個主人給你個親吻來作為獎勵呢？」

妖精擺出投以飛吻的姿勢。

我刻意發出冷淡的聲音。

「……我心領了。」

「哎呀，是嗎……你有一瞬間猶豫了吧？」

「我、我才沒猶豫！」

可惡！竟然這樣捉弄人！

「那就這樣！我回樓下去工作啦！紗霧就拜託妳了！」

我彷彿像被什麼追趕著般，慌忙地走下樓梯。

*

——正宗的腳步聲逐漸遠去。

我——和泉紗霧輕聲打開自己房間的門，對心情好到不停笑的朋友出聲說：

「唔……妳好像很開心呢，小妖精。」

「嗯嗯，非常開心。妳這樣感到嫉妒的情況也讓本小姐很開心喲。」

「真是糟糕的愛好。」

「是嗎？女孩子嫉妒的表情可是很有魅力的呢——本小姐的讀者好像都很喜歡。」

「小妖精的讀者喔，反正全部都是些愛好很糟糕的戀愛喜劇阿宅吧。」

「等一下！請不要講愛戴本小姐的五百萬名書迷的壞話好嗎！妳今天講話超帶刺的耶！」

「都是小妖精不好……明明是……我的……卻還做些奇怪的事情。」

我把臉撇開後，小妖精就用手指戳戳我鼓起的臉頰。

「什～麼呀？我沒聽清楚耶，請～妳再講一次好嗎？」

「都是小妖精想要誘惑我、我的男朋友，我才會生氣啦！正宗是我的，所以不可以勾引他或是戲弄他！」

「明明就可以好好講出口嘛。本小姐不會道歉，取而代之的，就來玩玩妳的『調適心情的遊戲』吧。」

徒勞無功這句成語，我覺得就是為了小妖精所設計的。

無可奈何下，我只能順著她的想法詢問：

「……那是什麼？」

「呵呵，是妳絕～對會喜歡的遊戲喲。」

「……有個工作我想在中午前處理掉，所以沒辦法陪小妖精玩太久……不過，姑且還是聽妳講一下。」

有股色色遊戲的氣味，所以這只是……終究只是！我對這個遊戲並不感興趣喔！

我全力豎起耳朵。

我並不色，只是因為是朋友的提案，所以無可奈何。

姑且先聽她講一下也好。

小妖精輕敲巨大的行李箱。

「本小姐說過要把紗霧鍛鍊得更可愛吧？就由本小姐來幫妳搭配服裝，讓妳徹底變身！」

……不是什麼太色的遊戲。

唉……

雖然我的色色情緒不～斷地下降，但在其他層面上，我很感興趣。

「唔……？難道說，這裡頭是……」

「是本小姐為了給紗霧穿才帶來的衣服！覺悟吧，本小姐會給妳換上各種服裝。當然，如果有妳喜歡的，就送妳當禮物！」

「……這怎麼可以，我不能收。」

畢竟她可是小妖精，絕對都是些很昂貴的衣服吧。

「這是配合本小姐的需求準備的衣服，不用客氣，儘管收下吧！絕對很適合妳的！本小姐也很想看妳穿嘛！」

「……就算妳這麼說……」

從朋友手中收下高價的禮物，並不是那麼簡單的事情。

即使是感情很好的朋友也一樣。

因為小妖精的老家跟她自己都很有錢，所以不太了解這種事情。

該怎麼說呢……就是不懂庶民的價值觀。

不過老實說，我的確很想要小妖精特地為我準備的衣服沒錯。

真的超想要。

好啦，該怎麼辦……

經過深思熟慮後，我這麼提案。

「唔嗯…………那我們來交換如何？」

「意思是紗霧會收下本小姐的禮物，也會送些什麼給本小姐嗎？」

「嗯。」

我點點頭，小妖精「嗯～」地沉思之後……

「譬如說把跟征宗約會的權利當成交換條件嗎？」

「才不是。哎喲，妳是故意這樣講的吧？」

「嘻嘻。」

「我也會把衣服送給小妖精，所以這是交換。」

連我自己都覺得這是個好主意。

這樣就可以不用對對方感到不好意思，也可以讓小妖精穿上我喜歡的衣服。

順利的話，還能畫下素描。

真是完美的作戰。

我嘿嘿笑著。

小妖精顯得有些退縮。

「雖然本小姐非～常清楚妳在想些什麼，但這是『現在立刻交換』……對不對？這樣妳不是沒東西可換嗎？本小姐可穿不下紗霧的衣服。」

「因為小妖精的屁股比我還大嘛。」

「請不要做如此失禮的情報操作！胸部！是在講胸部！本小姐的胸部比較大吧！」

「才、才沒有那回事。」

無意義的爭論持續了一陣子……

我無可奈何地聳聳肩膀。

呼……小妖精也真是的……完全不肯承認事實。

「總而言之……東西我有。」

接著，我指向隔壁房間。

就這樣——我立刻帶著小妖精移動到隔壁房間。

「對喔，還有這裡呢。」

「沒錯。」

其實，這是小妖精第二次進來這個房間。

和泉紗霧那被哥哥稱為「不敞開的房間」的房間。

在這間房間，收納了許多我的衣服。

除了我自己（在網路上）買的衣服以外，還有媽媽留下來「打算要給我穿的衣服」，或是「角色扮演服裝」這類的東西。

當然，當時的媽媽無法預測我的成長狀況。

因此——雖然這麼講很奇怪，但這裡有各種尺寸的衣服。

父母只要遇上關於孩子的事情，好像真的都會變成笨蛋。

想必是打算讓我穿上這些衣服——有時候做些角色扮演——然後一起玩耍……應該是這樣子。媽媽想必是想和女兒一起拍照，或者是一起畫圖吧。

這種心情，我很清楚。

真的非常、非常、非常清楚。

「總有一天我也要……嘿嘿。」

「紗霧啊，幹嘛露出那麼不懷好意的笑容？」

「沒、沒事啦……」

糟糕，我想了些超級羞恥的事……！

啊啊啊啊！臉頰好燙！

「啊！」

「幹、幹嘛？」

絕對不可以讓小妖精察覺到！

「不，太明顯了吧？」

「咦！」

「『跟征宗有孩子以後，我也想要買一堆衣服拍一堆照片畫一堆插畫然後跟孩子一起玩角色扮演呢！』——妳一定是這樣想的吧？」

「為什麼妳會知道啊啊啊啊啊！」

「又不是別人，因為是妳所以知道呀——……雖然想這麼說，但這就算不是好朋友也知道啦，妳從剛才開始就徹底表現在臉上啦。」

「嗚嗚…………」

難以承受的屈辱感襲擊而來，我像是要掩飾般大喊：

「總、總之啦！我有可以交換的衣服！」

「但這樣好嗎？那應該是妳的母親為妳準備的衣服吧？」

「順道一提，至今給小村征還有小妖精穿的色色服裝，幾乎都是媽媽買來的衣服。」

「這還真是揭曉了驚天動地的事實呢……該說不愧是情色漫畫老師的母親嗎？」

小妖精顯得很驚訝。

我不急不徐地主張：

「沒錯，所以我不色，這全都是媽媽不好。」

「真虧妳能理直氣壯地胡說八道耶……不過嘛，既然如此……關於交換衣服，事到如今就別在意那麼多了吧。」

「嗯。能為我的興趣作出貢獻，想必媽媽也會很開心。」

我將放著目標服裝的衣櫃猛力打開。

「來吧！小妖精快穿上這件衣服！」

「不是，妳也要穿啦。真是的……紗霧妳喔，明明是本小姐的作戰卻還把主導權搶走。」

「呵呵……開始變得有趣啦～～！哎呀，妳有講什麼嗎？」

「沒～有！我什～麼也沒講！那就按照妳的提案，互相選好對方的衣服——然後穿去給征宗看吧♪」

現在是上午九點。

我——和泉征宗正坐在客廳的沙發上工作，但二樓實在很吵。

咚咚啪噠啪噠——上頭響起這種聲音。

即使靠我這個地板砰砰大師（被認定為擁有可以分辨紗霧在二樓發出的各種聲音之技能的人）的耳朵，也因為妖精發出的聲音太大而無法辨別。

「她們從剛才開始都在幹什麼啊？」

從我集中全部神經聽音辨位的結果，看來她們不是位在紗霧的房間，而是在隔壁。

「記得那邊是紗霧放衣服的房間……」

雖然不是什麼需要擔心的事情，但總覺得很在意。

平常的話，應該不會如此缺乏專注力……但因為上午的工作相當順利，而且已經到了一個段落，讓我忍不住朝天花板看去。

——總覺得自己有些失常。

說起來，本來紗霧也會在這個房間工作才對。

然後，最近雖然都是這樣——氣氛會漸漸變得甜蜜。

——妖精那傢伙……竟敢獨占紗霧。

我對這位異性朋友抱持著奇妙的嫉妒。

——本小姐很在意你是嫉妒哪一邊呢。

「唔……」

突然想起這句話，讓我的臉頰開始發燙。

啊——這是怎樣，感覺超焦躁…………

我從剛才開始就很奇怪耶……為什麼……會有這麼奇怪的心情？

如果只是不爽的話，那我還可以接受說自己是因為紗霧被獨占而在嫉妒。

可是，不是那樣。

不是只有那樣。

不爽、焦躁、興奮、雀躍——

我維持著身為創作者的最佳精神狀態。

狀況很奇怪——不過是朝著積極且正面的方向發展。

工作進展得無比順利，超越自己實力的有趣情節不斷誕生。

即使是缺乏集中力，看著天花板的現在，全新的點子還是接二連三地湧現。

「這真的…………到底是什麼情況啊？」

當我吐出熱騰騰的嘆息時。

跑下樓梯的聲音接連響起，客廳的門被猛地打開。

「！」

我擺出警戒的姿勢，但狀況卻跟我預料的相反。

『征宗！本小姐來妨礙你工作啦！』

沒有聽見這種情緒高漲到ＭＡＸ的聲音，也沒看到她的身影。

取而代之的，輕快的音樂傳來。

啥？這前奏是怎樣？

「？？？」

我探頭往門口看去。

前奏結束，曲子開始進入高潮。配合這登場音樂，彷彿就像是時裝秀一樣，身穿雪白服裝的金髮美少女出現了。

山田妖精，白色蘿莉塔版……就這麼稱呼吧。

「哇喔……」

感嘆之聲自然地從我嘴巴裡漏出。

純白的公主在我眼前輕快地轉了一圈，接著提起裙襬行了個禮。

「喔喔～～～～～」

我對這段動人的演出拍手致意。

妖精也「嘿嘿～」害羞地笑著。

「還沒有結束喔！接下來才是重頭戲！」

這時她終於用平常的調調放聲大喊，然後按下右手的遙控器按鈕。

喀嚓，音樂在此時切換，是首感覺很帥氣的黑暗系曲子。

隨著這首曲子現身的是——

「…………………………………………」

「…………………………………………」

現身……的是…………………………

…………奇怪？沒有人出現耶。

「喂。」

「請、請你稍等一下。」

看來這對妖精來說也是預料之外的狀況。

她小跑步地跑出客廳。

「妳為什麼不出來啊……」

「可、可是……！」

看來好像發生了爭執。她們持續講著「這好丟臉」跟「這樣才好啊」，爭論了一陣子——最後……

「喵嗚——！哎喲，好啦。出去吧！」

「哇、哇啊。」

妖精半強迫地拉著紗霧走進客廳。

首先是妖精進入室內。她按下遙控器的開關，於是登場音樂再度從頭開始播放。

被妖精牽著，走進客廳的是——

身穿漆黑服裝的銀髮美少女。

「喔……唔喔喔…………」

由於事情太過突然，讓我開口發出呆愣的聲音。

——竟然讓紗霧……讓紗霧她……穿上黑色蘿莉塔服裝…………

竟然是黑色蘿莉塔服裝！

當我瞪大雙眼整個人僵住時，我面前的紗霧滿臉通紅，感到很害羞。

「那個……平常我都不會穿這種衣服……可能不是很適合……」

她忸忸怩怩地用手遮住身體。

反差！

黑色系的服裝跟表情的反差！

與我內心培育起的紗霧神聖不可侵犯的形象之間產生的反～～～～～～～～～～～～～～差！

「唔……」

真是太棒……太過尊貴了……根本已經超越人類的極限。

神……不、不對……這是踏入惡魔領域的美麗吧……

簡直就是魔性之美。

明明我沒有那種興趣，但卻想讓她踢我屁股或踩我的身體。

我感到一陣像是貧血般的暈眩，腳步也變得搖搖晃晃，好像整個世界都在晃動一樣。

「……哇哇……哥哥……你沒事吧……？」

「當然不可能沒事，這陣奇襲讓我遭受了致命傷……」

好像要流鼻血了……面紙……面紙放在哪邊……

對於陷入瀕死的我……

「呵呼呼。征宗，看來你很中意嘛！」

一道聽來很愉快的聲音傳來。

癱坐在沙發上的我搖搖晃晃地抬頭看向聲音的主人。

「是妖精啊……」

「這跟看見本小姐的新衣時的反應實在差太多，雖然很令人火大……但總之……請你好好用言語把感想表達出來。」

「妖精！」

咚！我猛力站起來抓住她的肩膀。

「呼、呼耶？」

「雖然從以前到現在看過妳穿各種服裝，但今天這套讓妳的形象有了三百六十度大轉變超級可愛！」

「…………啊！這、這是對本小姐服裝的感想吧！是、是嗎…………謝謝。」

妖精低下頭，雙頰瞬間染上紅暈。

抓著金髮美少女的雙肩……鼻子還塞著面紙……這種景象看起來大概很滑稽吧。

只不過，突然看了這場「不得了的演出」而感到興奮不已的我，毫不在乎地吐露率直的感想。

「所以紗霧的服裝！就是妳幫她選的對吧！幫紗霧化妝的也是妳對吧！啊啊啊啊，沒想到竟然可以看到紗霧塗上那麼成熟的口紅……！謝謝妳……真的是萬分感謝妳……我實在太幸福了……！」

「這需要哭嗎！」

我當場無力地癱倒，雙手撐在地板上。

無法抑制的鼻血與眼淚滴落而下。

「這實在太過神聖，想要直視都很困難……希望被她從高處低頭藐視的心情充滿在我的內心之中啊……」

「哥哥，你好噁心。」

我向妹妹獻上祈禱。

「真是萬分感謝您，紗霧大人……！」

「我沒有在回應你的要求！哎、哎喲，不要拜我啦！」

「這身魔性的尊容，就稱呼為惡魔紗霧大人吧。我要拍下照片供奉在神壇上。」

「快住手！」

她渾身使力，正在生氣。

妖精則無奈地聳聳肩膀。

「真是的……你比預料中還要高興幾十倍，我身為企畫還真是倍感光榮。紗霧，請妳把這場時裝秀的主題告訴這個化為我們信徒的笨蛋吧。」

「那個啊，哥哥，我跟小妖精是在試著交換服裝，現在我穿的這套衣服……是小妖精帶過來的。」

「然後本小姐穿的這套服裝，是從紗霧的衣物間選出的喲！」

兩人站在一起擺出姿勢。

我依序注視她們兩人，理解了一切。

「喔、喔喔……這也難怪。就覺得妖精的服裝很有紗霧的風格，紗霧的服裝也很有妖精的風格。光是服裝反過來……只是互相挑選對方的衣服而已……就會產生這麼新鮮的印象啊。」

「就是說吧，看來重要的事情有好好傳達給你知道，太好了呢。」

「這啥意思啊？」

「沒事啦。好啦——比起這種事情。」

啪啪。她拍拍手，重新掌握節奏。

「本小姐跟紗霧的超級奇蹟美麗時裝秀可不是到此就結束喔！今天可要讓你徹～～底地樂在其中喲！」

不知不覺間，我似乎被當成觀眾看待了。

接下來——妖精和紗霧接連更換服裝，向我展現美麗的姿態。

就跟最初聽到的主題相同，「妖精穿上紗霧風格的服裝」，然後「紗霧穿上妖精風格的衣服」——最值得一提的，就是當她們兩人換上「平常穿的衣服」的時候。

綠色連帽衫打扮的妖精。

穿上粉紅色甜美蘿莉塔服裝的紗霧。

不協調感變得更加突出，反而激發出兩位美少女的魅力。

當然，這光鮮亮麗的情景讓我獲得眼睛幾乎要瞎掉的感動。

妖精超得意地擺出一大堆可愛的姿勢。

紗霧一下子要我拍照，一下子又當場畫起素描，顯得超級興奮。她看起來很開心，很愉快，也很幸福。

即使是這突如其來的興奮已經冷靜下來之後，我還是能抱持自信這麼說。

因為紗霧看起來很幸福，因為妖精帶來這場愉快的遊戲。

因為我自己也是又激動又臉紅心跳——

對我們三人而言，這是段幸福的時間……就是這樣。

「第一道祕策，今天的部分就到此為止了。」

祭典結束後，妖精突然這麼說。

「教妳化妝，激發出對流行文化的全新潛能——這樣應該有讓征宗見識到紗霧的嶄新魅力了才是。」

「是、是這樣嗎？」

「就是這樣啦～這傢伙不是超級感動嗎？而且不是還超興奮地做出有夠噁心的反應？妳要有點自信嘛。」

「嗯……小妖精，謝謝妳。可以再教我……化妝這些的嗎？」

「包在本小姐身上。本小姐也想用最棒的素材來做各種嘗試，非常期待喔。」

「可是……果然還是搞不懂。小妖精就只是要這樣幫助我而已嗎？這個真的算是『祕策』嗎？」

「本小姐設下的第一顆炸彈，已經在很棒的時機爆炸嘍。好啦，那麼讓本小姐來觀測一下效果吧。」

妖精惹人憐愛地閉起一隻眼睛。

「你們兩位——今天玩得愉快嗎？」

確認過我跟紗霧的表情後……

「這樣啊，那就好。」

她露出滿意的微笑。

山田妖精說過——

戀愛喜劇的重點，就是藉由設下的機關「讓人際關係一口氣產生變動」這一點。

她說即使是現實中的戀愛，也要為了獲得期望中的未來而建好架構。

那麼——

今天，現在這個時刻。

妖精剛才說的，她已經設下的炸彈，對於我們的關係又會產生什麼樣的變動呢？

紗霧的女子力獲得提升，魅力更進一步提高。

原本就已經超級可愛的紗霧變得更加可愛。

妖精與紗霧感情變得更好，兩人開始住在同一個房間裡。

這樣子——到底是在什麼地方產生了變化呢？

和泉正宗的眼睛無法觀測到變化。

又或者，是無法認知到變化。

緊張、焦躁、不滿、期待——……

只有心臟的聲音彈奏出複雜的音色。

情色漫畫老師
ero manga sensei
第二章

家人全員到齊的晚餐結束後，就是洗澡的時間。

和泉家沒有固定的洗澡順序，會依照當天的狀況隨意變動。

今天作為「讓紗霧變得更可愛」的計畫一環——

「來吧，紗霧！我們一起去洗澡吧！」

「咦咦咦！」

「山田妖精精選的保養品都帶來了！本小姐會徹底讓妳變得更漂亮，做好覺悟吧！」

「不行不行不行不行！這個還不行！」

——這樣的攻防在我眼前展開。

即使可以一起住在房間裡，但紗霧還沒辦法和妖精一起洗澡，拒絕了她。

對於我這樣的妹妹，妖精花言巧語地說服她。

「到底行不行，不試試看也沒辦法知道吧？」

「就跟妳說不行嘛！」

「等洗完澡以後，本小姐會連豐胸按摩也一起教妳的，好不好？」

「咦？」

原本抗拒的紗霧突然停下動作，接下來……

「有效果嗎？」

突然展現出高度的興趣。

「那當然！本小姐已經用自己的身體驗證過了！」

「喔喔～」

這段充滿自信的推銷，雖然讓紗霧的瞳孔變得炯炯有神……

但她看向妖精的胸膛，很失望地說了句：

「……真的嗎？」

「妳這是什麼意思啊！」

兩人吵吵鬧鬧地走向更衣間。我從客廳的沙發上目送她們離開後，再度面向筆電。

然後露出笑容。

以前那個不讓任何人進到房間裡頭的紗霧。

變得即使有別人在也可以下到一樓。

變得可以跟朋友愉快地聊天。

變得可以跟朋友住在同一個屋簷下。

變得可以跟朋友住在同一個房間裡。

現在還打算一起去洗澡——她們正在聊這件事。

「紗霧的家裡蹲症狀順利地獲得了改善呢。」

「……呵呵，就是說啊。」

有人回應了我的自言自語。

「我以前到底都在做些什麼——我甚至還這麼想過。」

「要這麼說的話，是『我們』才對喔，京香姑姑。身為紗霧的家人，好像感到很高興又好像很不甘心……真是複雜的心情。」

「正宗你沒必要那麼自虐吧？要讓紗霧恢復，你是絕對不可或缺的存在。不管詢問任何人，還是詢問她本人，我認為大家都會這麼回答。」

「…………………是這樣嗎？」

我自己也搞不懂。

我原本——想要實現夢想，用其中的樂趣來拯救紗霧。

可是啊。

我們的夢想明明還沒有實現。

紗霧卻逐漸獲得救贖。

不只是靠我，而是靠大家的力量。

這對我來說，是件很不甘心的事情。

——我的器量還真是狹小……身為一個人類，水準實在很低。

同時也感到很高興，因為紗霧的幸福也是我的幸福。

即使有問題存在，即使存有不安，即使感到不甘心，一切還是進行得很順利。

世界正在逐漸好轉。

我是這麼認為的。

接下來…………當我靜靜地工作時。

「征宗～我們洗好嘍～」

「小妖精！不要那副德性就跑到哥哥面前！把衣服穿好！」

「好啦好啦，本小姐知道啦。」

「妳絕對不知道啦！真是的～！」

這群吵吵鬧鬧的傢伙回來了。

看來她們似乎平安無事地洗好澡了。

「妳們洗澡也洗太久了吧……」

應該讓明天也一大早就得出門的京香姑姑先洗才對。

「哎呀～抱歉抱歉，本小姐很起勁地帶了很多東西過來，試用起來很花時間嘛。對吧，紗霧？」

「嗯！」

好像很開心，這兩個人到底試了些什麼？

豐胸按摩……她們試過了嗎？

……雖然看起來是沒有即時的效果。

我看著妹妹的胸口，思考著這種事情。

「哥哥、哥哥！」

穿著睡衣的紗霧興奮地靠到坐在沙發上的我身邊。

然後像是要撒嬌般抱過來。

「嗚哇！幹嘛突然這樣子。」

「嘿嘿～怎麼樣？」

「什、什麼？」

紗霧的身體那發燙到讓人覺得火熱的觸感，讓我不禁發出走調的叫聲。

剛洗完澡就來這招是犯規吧！是打算殺了我嗎？

紗霧開心地用別無他意的聲音說：

「現在的我，有沒有什麼地方跟平常不同呢？」

「……那……個……………啊……有股好像很好吃的味道……？」

「……這是什麼活像變態的感想。」

「不是，因為啊！」

「沒有其他講法了嗎？」

紗霧不滿地盯著我看。

在暈頭轉向的視野裡，我勉強擠出話來。

「……這是……紅茶的味道嗎？」

「沒錯！是新的入浴劑喲！」

「今天是發售日，所以馬上兩個人一起試用看看啦！味道很香吧～」

妖精這樣說完，也貼到我身邊。

「來～不用客氣，儘管享受吧。」

各方面都逼近極限的我，立刻從兩人身邊像要閃避般離開。

「我去洗澡！」

當我意圖要逃跑時，從背後傳來呵呵呵的低笑。

可、可惡……！這股敗北的感覺是怎麼回事……！

我快步前往更衣間，脫下衣服後進入浴室。

入浴劑的香味飄散而出。

是剛剛才聞到的——紗霧和妖精的香味。

「…………………」

我慌忙轉開蓮蓬頭的開關。

「唔啊啊啊啊啊啊啊啊真是的！」

藉由沖冷水來恢復理智。

講真的……今天的妖精實在很不對勁。

紗霧也好，妖精也好，其實……都跟平常沒兩樣──態度跟平常沒有什麼太大的不同……明明是如此，卻有些許的不同產生出奇妙的偏差……感覺是這樣。

「是什麼……？是哪邊不同……？」

說不定，我正處在戰記型輕小說裡常見的那種「逐漸被謀略所糾纏」的狀況之中。

這可不是誇大其詞啊！

「話說回來……浴室裡的東西又增加了呢。」

為了讓自己冷靜下來，這邊就稍微介紹一點小知識吧。

大多數的情況下，浴室裡的牆壁裡都會放入鋼板，可以把磁鐵吸上去。

如果各位已經知道的話那真是抱歉。

我是之前聽村征學姊講，才終於知道了這件事。

這是妖精跟村征學姊跑來住我家時的事情。

會這麼說……是因為女性洗澡時不只要用到肥皂、洗髮精、潤髮乳，似乎還需要其他各種衛浴用品。然後啊，如果不是平常愛用的品牌好像就絕對不行。

這代表說，會有「居住的女性乘以X個」容器放置在浴室或盥洗室裡頭。為了設置擺放的位子，當時在浴室裡增設了許多磁鐵式的架子。

「……搞不太懂用途的瓶罐慢慢變多了呢。」

如果是有姊妹的男性，或者是有妻女的大叔，應該能懂這種「不管怎麼說這也太多了吧？」跟「說起來那個神祕的物體是啥？」的感覺吧。

像是無論怎麼看都只像是時髦食品的那個，或是飄出甘甜香氣，長得像鮭魚卵蓋飯的這個，不然就是有著美麗裝飾，像是音樂盒的那邊那個，這些到底都是什麼東西？

真的是衛浴用品嗎？

只有村征學姊帶進來的玩具小鴨充滿療癒感。

浴室變得越來越可愛，對於高中男生而言實在不算是個待起來舒適的環境。

當我思考著這種無關緊要的事情時，腦袋也終於冷靜了下來。

「……呼。」

我洗好頭跟身體，坐進顏色如同血池地獄般的浴缸裡，泡熱水泡到肩膀的位置。

最近由於某個理由，我沒辦法泡太久的澡，所以立刻站起來——

啷！

「征宗！洗澡水的溫度如何啊？」

「呀啊啊————！」

我發出拔高的尖叫聲，全身泡進熱水裡，然後面向驚訝的妖精……

「不、不要突然開門啦，色狼！」

「抱歉。可是啊，你那種少女般的反應每次都讓本小姐難以接受。」

「洗澡水溫度沒問題啦，可以快點關門嗎？」

我用手遮住身體，並噘起嘴唇。

「……………」

「叫妳關門啦！」

「喂，征宗，請你就這樣站起來一下。」

「這要求會不會太直接了！」

妳是情色漫畫老師嗎？

「不是那樣啦，這不是色色的意思……那不用站起來也無所謂，把你的兩隻手都伸出來給本小姐看看。」

「……………」

我默默地照她說的做。

於是妖精嚴肅地瞇起了眼睛。

「……你……雙手不是都長蕁麻疹了嗎？」

「嗯、嗯嗯……」

沒錯。我的雙手到手腕為止，都長滿了蕁麻疹。

老實說，這看起來滿噁心的，我不想詳細描寫。

這也不是什麼非講不可的事情，所以我就沒講出來……但是妖精似乎覺得這非同小可。

她用嚴肅的聲音低聲說：

「……是入浴劑不適合嗎？如果是這樣的話，對不起，本小姐道歉。」

「不，這跟入浴劑沒關係，滿久之前就這樣了。」

我尷尬地遮住手臂。

「……從什麼時候開始？」

「……呃……？」

「好了啦，快說。」

「……大概從兩個星期之前……吧。雖然一下長出來一下又消掉……就是了。」

「因為你穿長袖所以沒有察覺呢，真是失敗……」

妖精不甘心地咬住下唇。

「總之——不要泡太久，快點出來吧。然後，明天你要立刻去醫院就診。」

「太小題大作了吧？」

「就算小題大作你也得去，知道了嗎？」

接到這不容分說的命令……

「——是。」

我也只能這麼回答。

「紗霧那邊，我會幫你保密。」

「就請妳這麼辦。」

「嗯～……」

妖精露出好像在想些什麼的模樣，不久後開口說：

「這是無可奈何才告訴你的……本小姐之前也是這樣。」

「咦？」

「就是蕁麻疹。本小姐在自己作品的動畫播放前那段時間，也是這樣子。」

「妳嗎？」

「嗯…………就算去醫院檢查，也不知道原因……只說可能是壓力造成的。」

「…………………」

妖精因為壓力……得蕁麻疹？

「很不像本小姐的作風對吧？」

「不……」

我含糊地否定。我確實是有這樣想過……而且──

「就算說我有壓力……我也不覺得會有那種情況，尤其最近也跨過最忙碌的巔峰了，原作小說進度更是超前不少……我今天甚至還覺得狀況絕佳呢。」

「本小姐之前也一樣啊。沒有自覺症狀，反而覺得狀況超級好——可是啊，卻冒出各種因為壓力所引起的症狀。考生之類的人很多都會這樣，醫生是這麼說的。」

「…………」

考生跟動畫化前的輕小說作家。

或許是很相似沒錯。

因為都要花上大量的時間，拚命努力。

然後交出成果來。

若是如此，那我們的煩惱也沒什麼特別的。

是到處都有，隨處可見的煩惱。

對於視野變得狹窄的本人來說很重要的事，從旁人俯瞰的視點來看，說不定就只是個沒啥大不了的煩惱。

可是。

對於即將接受考試的人們而言，考試失敗跟世界崩壞是相同的。

每一年、每一年，都有許多人因為煩惱陷入憂鬱，甚至還會因此走上末路。

高中考試、大學考試。我的前輩們裡頭，說不定也有抱持著跟我相似煩惱的夥伴存在。

就跟眼前這位年紀比我小的前輩一樣。

「這是個不符合最強最可愛山田小妖精風格的小故事，請你明天就忘掉吧……不過，話先說

在前頭——連本小姐這個精神有如山銅般堅韌的超級天才都會如此了，就算你發生相同的狀況，也沒有人會說你沒出息。即使狀況絕佳，也不能大意，要好好休息——知道嗎？」

「……………………」

「回答呢，後輩小弟？」

「……不做些什麼的話，我會很害怕啊。」

我低下頭，把下巴泡進浴缸裡。

「休息時會害怕，什麼都不做也會害怕。萬一失敗的時候，無法達成目標的時候……沒辦法實現夢想的時候……都是因為那時候跑去休息的緣故——就算沒有人這麼說，但是我自己也可能會這麼想啊。」

就像——那位月見里小姐一樣。

那個時候，因為那個人而有了自覺的恐怖感，因為紗霧而獲得救贖。

即使如此……這樣的想法還是殘留著。

「……那種事，本小姐可不懂呢。」

「我想也是。」

「就算這樣，本小姐還是不覺得你沒出息。雖然你就是那樣的小人物，但想必正是因為如此，才可以持之以恆地付出比其他人還要多上好幾倍的努力。」

「小、小人物……這——」

你很努力。這句稱讚的話總是讓我覺得不太對勁。

在創作裡頭，經常會有討厭被稱為天才的天才型角色們登場對吧？

他們抱持的煩惱就是——沒有人正視自己的努力，只用一句才能就輕輕帶過那些努力……類似這樣的情況。

反過來說，沒有才能的我，也有與天才方向不同的煩惱。

至今我所進行的行動或是活動，是可以被稱為努力的高尚事物嗎？

就是這種疑問。

當我撰寫輕小說時，無論何時都是因為很愉快才撰寫，因為想要寫才撰寫。煩惱的時候也是，因為感到痛苦才動筆撰寫，想藉此來消除痛苦，因為感到害怕，才會動筆寫書，來從恐怖中逃離。

這算是努力嗎？好像不太對吧？

……我想，或許會有許多種答案出現，只不過，我不認為那樣就是努力。

咕嘟咕嘟，洗澡水浮出氣泡。

看到我這樣子，妖精開口說：

「你那是什麼不滿的眼神，你可是被本小姐給稱讚了耶，要感到歡欣鼓舞呀。」

「……因為妖精前輩的稱讚方式超級藐視他人啊，我就是討厭妳這種地方。」

還有也差不多該關門了吧，妳是要在浴室待到什麼時候啊？

「哼～這樣啊——不過啊，征宗你有『討厭紗霧哪些地方』嗎？」

「完全沒有喔。」

「哼嗯～這樣啊。那這樣，這邊就是本小姐獲勝啦♪」

「咦？什麼？什麼意思？」

「就是本小姐比起紗霧，更加讓你討厭這件事。」

「…………那是——」

是……這樣沒錯。

「你呀，最喜歡本小姐——同時也最討厭本小姐了。」

「所以說，妳為什麼還能一副高興的樣子啊？」

讓人完全搞不懂啊！

「嘻嘻嘻，不～告訴你。那你明天要好好去醫院，然後跟本小姐報告。這是命令，要遵守喔。」

妖精露出燦爛的笑容，離開浴室。

「…………………」

我默默目送她離開——

「啊啊！那傢伙是怎樣啦！」

我啪地拍起水花。

發生這件事情後的隔天早晨。

當我要去學校時，紗霧跟妖精在玄關送我出門。

「征宗，你應該還記得吧～」

「好啦好啦。」

妖精再次囑咐，而我回答得就像正值青春期的兒子一樣。

妖精照顧人的方式，該怎麼說呢……就像老媽子一樣，讓人感到格外害臊。

不自覺地就會變得無法率直應對。

這一天，我在放學後走出校門時，有個「征宗！這邊這邊！」彷彿家長的聲音傳來。仔細一看，是穿著制服的妖精。

「妳怎麼會過來？」

「本小姐來陪你去醫院。」

「還真不信任我耶。又不是小孩子了，我會乖乖去醫院啦。」

「真的嗎？有預約了？」

「預約啦，午休的時候。」

「是預約本小姐推薦的那間嗎？」

「是啊。」

「那就好～」

看到她鬆了口氣的表情，讓我不禁把早上開始就在想的事情講出口。

「妳是我老媽喔？」

「你喲……至少也該說是姊姊吧？」

不管是哪一邊，都沒辦法拿來稱呼年紀比自己小的異性。

「或者說………太太，之類的。」

我無視這句胡言亂語。

「謝謝妳為我擔心，那就麻煩陪我去一趟吧。」

「交給本小姐吧。」

我們兩人並排走著。

秋季寒風吹拂著。我覺得冷，才想到已經十一月了。

走在路上，我們開始閒聊。先開口的是妖精。

「話說回來，征宗，把你這個月到年底的工作排程告訴本小姐吧。」

「？是可以啦……」

我打開智慧型手機的工作管理ＡＰＰ，然後遞給妖精。

她稍微確認了一陣子後。

「不是新刊就是活動，都是些大型的預定耶。除此之外應該還有其他的吧？就各種瑣碎的工作。」

「有是有，但是記不完。」

「最近的呢？像是今天或明天的。」

「動畫的分鏡稿送來了，我要檢查後送回去。」

「嗯嗯，有問題嗎？」

「超多問題。不是要檢查的東西，而是我自己。」

「可以說來聽聽嗎？」

「看了分鏡稿我也搞不太懂，根本不知道要從何處監修起。」

「你不是很努力地學過了嗎？」

就是這個。

關於動畫，會有各種要確認的東西送來，這件事我已經聽前輩們講過所以事先知道。為了預習，我有買書回來學習。

「閱讀各種書籍算是有了回報。應該說，有好好用功真是太好了……動畫公司的人都是以原作者知道分鏡稿或是腳本的看法，而且可以理解並做出適當的監修為前提，把工作分配過來的嘛。」

像是不知道腳本、劇本的看法，又或者是無法理解分鏡稿等等……這些藉口完全不會被接受，也不會特地從頭開始教，可以感受到「如果不懂的話不要插嘴就行了」這樣的意思。

「不管在哪都有這種傾向呢。實際上，即使原作者是輕小說或是漫畫的專家，但畢竟不是動畫的專家嘛。就算突然讓他們從事專門之外的工作，也只有少部分人可以勝任。」

我們邊講邊跨越斑馬線。

「因為會突然變得很忙碌，所以會有沒時間能學習，或者是根本就沒有空閒可以參與的情況吧。」

「從一開始就沒有選擇的餘地，根本就不讓人參與的案例似乎也很多喲。」

「那麼，我還算幸運的吧，還可以像這樣參與其中。而且雖然程度完全不夠，但也事先學習了一些東西——原作者的參與如果能讓作品帶來幫助就好了呢。」

「是啊。所以，你是哪邊不懂？應該知道分鏡稿怎麼看吧？」

「是知道怎麼看，但是無法掌握完成時的感覺。」

「腳本、分鏡稿、劇本——你還只有看過這些而已呢。」

妖精依序扳起手指頭。

「由於完全沒有把動畫的製作過程從頭到尾看過一遍的經驗，所以即使知道怎麼看分鏡稿，也沒辦法想像最後完成時會變成怎樣吧？」

「對，完全是經驗不足。從腳本轉為分鏡稿的時候，場景或是台詞都會有所增減對吧？」

在腳本會議確定好的內容，之後會讓導演或製片看過，劇情有可能會產生變化。

這些變化，恐怕比許多觀眾想像中的還來得巨大。

網路上經常可以看見原作書迷喊著「為什麼沒有那段劇情啊！」展現出對動畫腳本家的憤怒。

但是說不定，那段劇情在腳本裡頭是存在的。

或許是腳本家交稿之後才被刪除的。

「當分鏡稿的劇情內容與腳本不一樣的時候，變了的部分的台詞是否恰當，故事的條理有沒有變得很奇怪，我認為做這些跟故事相關的檢查就是原作者的職責所在。」

「如果有讓原作者參與製作到這種程度的話，是沒錯。」

「如果沒辦法再更清楚完成品的感覺，就很難提出具體的修正案呢……對，尤其是台詞，雖然我沒辦法說明得很清楚……」

會變成把擔心的部分就這麼直接傳達給導演。

原作者是為了給作品帶來幫助才參與的，但因為我的能力不足，總覺得會給雨宮導演帶來額外的負擔。

「你稍微等一下喔。」

妖精停下腳步，並開始操作起手機，然後拿給我看。

「這是動畫版《爆炎的暗黑妖精》第一集腳本。」

她就這樣讓我看著畫面，然後繼續操作手機，切換畫面。

「然後，這是同一個段落的分鏡稿。」

「嗯嗯。」

「接著是劇本的相同段落。」

「…………………」

「這個是完成版的段落。」

手機畫面上播放著影片。

腳本、分鏡稿、劇本、完成場景。

雖然全部都看完了——

「果然沒錯……分鏡稿跟完成的段落沒辦法在腦袋裡串連起來……」

「那麼，這樣如何呢？」

接下來妖精讓我看的，是用分鏡稿編輯而成的影片。

「這是實際錄音時使用的影片。講台詞的時機點會顯示角色名稱，這樣懂嗎？」

「嗯……」

我像是要往內部窺探般盯著螢幕。

「這是在分鏡稿跟完成品的正中間的狀態。這樣的話，應該就可以知道『講台詞的具體時機點』了喔。征宗煩惱的事情，會不會是這個？」

「就是這個。」

有種拼圖吻合對上的感覺。

「啊啊……這樣就懂了。這個分鏡稿是像這樣……啊啊，原來如此……所以台詞才要分割開來……」

「能作為參考的話，之後就把全部十二集的都給你看吧。」

「可以嗎？雖然是幫了大忙……是說，真虧妳能知道我的煩惱耶。」

連解決方式都有。

「本小姐可是從事相同工作的前輩喲？」

「對喔，也是啦。」

後輩的煩惱都已經先體驗過了嘛。

「啊——好想現在立刻回家把剛才的資料看個一百集左右！那樣的話，我的能力應該會增進不少吧！」

「本小姐用來預習時使用的資料也給你吧，不過你要適可而止喔——喂，不要就這樣想跑回家，今天是要去醫院吧？」

「……下次再去不就好了嗎？」

「笨蛋征宗，有陪你來真是正確答案。」

耳朵被用力揪住，我被拉著前往醫院。

隔天早上，清晨三點三十分。

我為了前往盥洗室而離開自己房間。雖然走廊還很昏暗，但我刻意不把燈打開。

我放輕腳步行走。

這時——

「早安啊。」

有人從黑暗中出聲叫住我。

我嚇了一跳並縮起肩膀。當我把臉轉向聲音的來源時——有根手指戳進我的臉頰。

「……是、是妖精啊……早安。」

大清早就這樣惡作劇的她瞇起眼睛看著我。

「真的很早呢，現在還不到四點喔？」

「就醒來了嘛。」

「之前紗霧不是才罵過你，所以你才開始早睡嗎？結果你又變得更早起是要怎麼辦？睡眠不足也是造成蕁麻疹的原因喔。就算去醫院拿藥了，如果生活作息打亂的話那也治不好吧？」

「……那個，妳在生氣嗎？」

「是在教訓你。」

她用手指戳了戳我的鼻尖。

「這種心情本小姐懂，本小姐之前也是這樣——最近的紗霧也是。」

「紗霧嗎？」

「她已經起床開始畫圖嘍。」

「那傢伙在幹什麼啊？」

努力是很好沒錯，但如果因此搞壞身體的話，那就得不償失了吧。

「你也是呢。」

「唔……我會反省。」

「現在睡不著的話，之後請睡個午覺吧。光是那樣就會差很多——順帶一提，本小姐也對紗霧講了相同的話。」

「……就這麼辦，謝謝妳。」

「不用客氣。」

喀嚓，妖精按下電燈的開關。

走廊變得明亮，她的身影也能看清楚了。她身上穿的並非睡衣，而是已經換好的便服。

「害妳陪著我們一起早起了呢。」

妖精呵呵笑著，然後閉起一隻眼睛。

「沒關係。難得都早起了，讓我們有效利用時間吧。」

我被妖精帶著走上樓梯。

凌晨三點四十五分，在紗霧的房間裡。

「山田小妖精逆轉的第二道祕策——」

妖精在我跟紗霧面前高高舉起右手。

然後好像有什麼深遠意義般猛力揮下手臂。

「征宗！紗霧！來製作同人誌，參加冬COMI吧！」

「……妳大清早就在講什麼鬼話啊？」

「……現在可是正在進行重要工作的途中耶？」

我們一起給出冷漠的回應。

「正因為如此，才需要休息一下呀！」

可是，妖精的高亢情緒絲毫沒有減退。她說：

「本小姐可是很清楚喲，你們工作的進展還有接下來的工作排程，全部都知道！畢竟問過好幾次了嘛。」

朋友指出這件事，讓我跟紗霧四目相交。

——妳告訴妖精了嗎？

——哥哥也是？

在用眼神交談的我們面前，妖精刻意聳聳肩膀。

「雖然你們兩個依舊每天都很忙碌——但那些真的是現在絕對非做不可的工作嗎？」

「雖然不是『現在非做不可的事情』，但那是現在想要先去做的事情。」

「這根本是工作狂（Workaholic）臨死前會講的話嘛。」

唉，妖精傻眼地嘆了口氣。

「本小姐可以斷言，征宗、紗霧……你們在動畫這方面，以原作者而言已經是十分盡心盡力了——現在你們兩人所進行的，是『如果可以帶來些許幫助的話』跟『如果可以稍微提升一點成功的可能性的話』——這種程度的作業喔。」

「即使如此，只要有可以做到的事情……就該去做吧。」

「這是很棒的想法，但這樣就更該聽從本小姐講的話了。休息也是很重要的工作——而且你們有思考過夢想實現之後的事情嗎？」

「夢想……」

「實現之後？」

我跟紗霧齊聲反問。

妖精為了引誘我們去玩，又跟平常一樣在狡辯了——

原本是這麼想的，但這句話卻強烈地吸引著我們。

「沒錯，就是你們拚上老命也想要實現的夢想——當它實現後的事情喔。」

妖精的演說比平常更加正經八百。

「使盡全力實現了夢想——接下來就都無所謂了嗎？就算筋疲力盡也沒關係嗎？」

「那種事情……也不知道夢想到底能不能實現……非得要現在去思考才行嗎？」

「非得現在就去思考才行喔。」

妖精這麼說。

「不只是對征宗和紗霧——本小姐要傳達給所有的原作者們知道！聽好了，雜兵作家們！正因為你們都忽視了這方面的事情，正因為你們把『動畫的成功』原封不動地設定為終點，所以才會在動畫結束時讓原作進展停滯，不然就是品質變得低落啊！不是一直跟相同的敵人戰鬥，就是作者自己開始量產外傳作品，或是推出跟其他女主角結為連理的ＩＦ劇情，要不然就是開始寫些露骨到連讀者都能看穿的拖延橋段——真是的，你們要知恥啊！」

「小妖精的書在動畫結束之後的那一集，在亞●遜的評價記得只有兩顆星而已呢。」

「唔呃！」

「而且自己也寫了很多外傳作品對吧？」

「住、住住住、住口！」

「山田妖精老師不也是很馬虎地連續推出新角色，然後寫了不斷跟同一個大頭目戰鬥的發展惹得讀者們生氣嗎？」

「咳咳咳咳——請你們不要中途打斷話題！現在沒有要討論本小姐的事情！聽好嘍，你們不該只為了實現夢想而努力，還必須做些實現夢想後的準備才行！」

「……陪小妖精玩，就能當作那種準備嗎？」

「沒錯！只要照本小姐說的去做，你們兩人作為創作者的水準就可以更加提升，還可以把這當成愉快的休閒時光，也能更接近本小姐期望的未來——可說是好事多多！本小姐掛保證喔！」

「最後那個不需要啦。」

「動畫播放結束後的新刊，也毫無疑問可以在亞●遜評價上獲得五顆星！」

妳自己就沒有辦到啊！

這樣吐嘈的話她應該會生氣吧。

「所以說，讓我們來做同人誌吧！」

妖精擺出如同二次創作同人誌裡某涼宮的態度，強硬地推行自己想要做的事情。

為什麼她這樣會讓人感到心情如此舒暢呢？

——**所謂的夢想呀，最重要的是實現之後喔。**

以前曾聽某人說過的這句話，在我腦袋裡不斷重複著。

「同人誌啊……紗霧，妳有做過嗎？」

「為什麼要問家裡蹲這種問題？」

「……抱歉。」

「當然有做過就是了。」

「有過嗎！」

「我畫了色色的同人誌，還給哥哥看過。」

「啊啊！」

對喔！有發生過這種事！

由於女性成員們全部都不知道小雞雞的位置，害得我因為這種原因陷入走投無路的窘境之中……

「《世界妹》的官方插畫家本人畫的二次創作色色漫畫……這可以稱為同人誌嗎……？」

「這、這個嘛……誰知道呢……」

我姑且是覺得就算這樣稱呼應該也沒錯啦……

「可是，小妖精想要製作的東西，大概跟『那種』不一樣吧？」

「嗯，是啊。當然會在聽過參加者的意見後再來決定就是……本小姐想創作的不是漫畫，而是附有插畫的小說本喔。」

啪。她將雙手合十。

「要做印刷本。」

「印刷本？」

紗霧像是鸚鵡般反問。

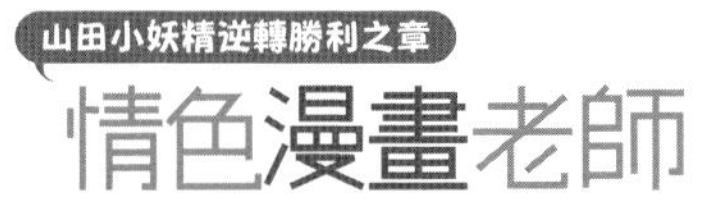

這邊我並不打算說明得太詳細。

印刷本——也就是委託印刷廠裝訂，屬於最正式的同人誌……暫且就這麼超級淺顯易懂地說明。

妖精也做了跟我這邊相同程度的簡易說明。

「唔嗯——」

紗霧發出無法判斷到底有沒有聽懂的聲音。

「好像很有趣。」

接下來這句應該是真心話吧，看來這傢伙也打算參一腳。

既然如此，我也往這個方向思考吧。

「妖精，妳有參加同人活動的經驗嗎？」

「沒有啊！」

妖精充滿自信地挺起胸膛。

喂喂，沒問題吧……我突然感到很不安耶。

「要參加活動就得成立社團，還要提出申請之類的，不是要處理很多事情嗎？」

「請你放心吧，我用大哥的名義成立了社團，也老早就連參加的申請都弄好了，剛好昨天才發表了攤位的抽選結果。」

這樣看來是有抽中的樣子。

「喔喔，準備萬全呢。」

「小妖精，實際參與創作的成員呢？這裡在場的三個人？」

「不是。嗯……說得也是——」

妖精把食指抵在臉頰上，沉思了幾秒鐘。

接著……

「正式開始討論之前，讓我們先來召喚剩下的社團成員吧！」

「這指的是……」「誰？」

當我們這麼問，妖精忽然露出溫柔的微笑。

「是愛爾咪喲。」

就這樣。

「嗯嗯——是這麼一回事啊……原來如此呢。」

妖精發出宣言後還不到十分鐘，社團成員就在我家客廳集合完畢。

雖然這麼講，但其實只增加了一個人而已。

「哦！好啊！好像很有趣嘛！你們要製作的同人誌——讓老子我也來參加吧！」

充滿野性魅力的紅髮少女。

是負責山田妖精著作的插畫的愛爾咪老師。

正如各位所知，她也是我們兄妹的朋友，對紗霧而言算是師姊。

「愛爾咪有過同人活動的經驗嗎？」

「海外的話有參加過喔！日本的同人活動，我老早就想去參加一次看看了呢～」

這樣要把愛爾咪當成有經驗的人來仰賴說不定很危險，就當成她是第一次參加吧。

紗霧眨了眨眼睛，詢問說：

「小愛爾咪……現在還不到五點耶，為什麼妳可以馬上過來？」

「既然是深愛的艾蜜莉呼喚了我，不管現在何時，或身在何處，老子我都會立刻趕到！」

這根本不算有回答啊。

這傢伙被妖精呼叫後，可是在才過了大概五分鐘後就到我們家玄關了耶。

而且才清晨五點喔。

一般來說都還在睡吧！

老實說這讓人超在意，但繼續問下去似乎也不好。

因為總覺得很恐怖……

應該是因為某些原因在妖精家裡留宿了吧，然後又事先知道會在這個時間被叫出來吧。我只能這樣強硬地說服自己。

如果不是的話就真的很恐怖，我不會追問的！

「呼呵呵。」

妖精走到房間中央，像是在跳舞般轉了一圈。

接著大大張開雙手說：

「本小姐、征宗、紗霧、亞美莉亞——就由這四個人來製作同人誌吧！」

「喔喔！」

愛爾咪立刻同意，可是我跟紗霧卻存有疑問。

「那個，妖精，不找村征學姊來沒關係嗎？」

「嗯嗯，這次不會找她來。」

妖精如此明確地回答，並且點了點頭。

不是忘了找她，而是刻意不找她——的樣子。

我環視了一下周圍，紗霧跟愛爾咪都盯著我看。

呼～我深呼吸。

「為什麼？」

「創作應該要保持在將其創作出來所需要的最低限度人數，尤其是由少數人來創作的時候。」

妖精先講了這樣的開場白後……

「村征自己也說過吧，如果摻雜了礙手礙腳的人，就會創作出為了配合那傢伙水準的作品，絕對會變成這樣，本小姐也有同感——所以才沒有找村征來。」

「妳認為村征學姊會妨礙到我們製作同人誌嗎？」

「不對。」

妖精搖搖頭，用比平常來得小的聲音說：

「是『我們』會妨礙到村征喔。」

「————」

我——不對，我跟紗霧都啞口無言地注視著妖精。

沒想到竟然是這位妖精講出了這種貶低自己的話來，真令人難以置信。

說不定這還是第一次聽見。

「……你們這是什麼表情？」

看到我們的反應後，妖精有點尷尬地噘起嘴唇。

「之前啊，我們去村征家的時候不是有寫過接龍小說嗎？你還記得當時寫出了什麼樣的東西嗎？」

「嗯，寫出很悽慘的作品呢。」

寫得亂七八糟又拖拖拉拉。

「是啊。」

「不過，大家一起創作真的很愉快。」

「嗯嗯……」

呼～妖精呼出長長一口氣。

「那個時候——如果我們的實力更堅強的話，想必就會變成不同的結果了吧。」

「…………………」

「那是部寫著玩的接龍小說，是為了讓村征了解跟大家一起創作的樂趣而寫出來的小說，目的有確實達成，我們也寫得很開心，不過啊——」

「——其實還是想寫部不管讓誰閱讀都能樂在其中的作品。」

妳應該會這麼說吧？

「……哼～你這不是挺了解本小姐的嗎？」

「偶爾也得回敬一下妳才行嘛。」

不只是讓創作者們感到開心的創作，妳還想寫出一部即使是跟我們毫無關聯的「某人」來閱讀，也依舊很有趣的作品吧？

如果參與創作的人全部都擁有跟村征學姊或是梅園麟太郎相等的實力的話——

即使是那部接龍小說，也能實現這件事。

因為我們拖了後腿的關係，所以才沒能辦到。

她應該是想這麼說吧？

「那樣子不是超級不甘心的嗎？」

妖精凶猛地露牙大笑。

「所以說，讓我們大幹一場吧。就由本小姐和你使出全力來創作，然後啊，趕快追上那個傢伙——…………征宗？」

「嗯？」

「你……在哭嗎？」

「啊……沒有……抱歉。」

我沒有發現。

我用手擦拭淚水，妖精探頭窺視我的臉。

「你怎麼了嗎？是灰塵跑進眼睛裡？還是說真的那麼不甘心呢？」

「……不是，不是那樣。」

「那不然是怎麼啦？」

我急忙低下頭。

「……妳啊，剛才講的話。」

「咦？」

「果然還是算了——不用介意！」

這哪說得出口。

因為聽到剛才的話……

就像在說「和泉征宗不會給山田妖精扯後腿」，彷彿獲得自己尊敬的人認同一樣。就好像自

己總算追上了走在遙遠前方的偉大前輩。

不知不覺間，就流下了眼淚。

這對本人絕對說不出口。

「那就來做吧。」

我帶著鼻音這麼說。

不是因為紗霧想要參與，而是以自己的意志決定參與。

「就是要這樣才行。」

妖精露出跟剛才不同的表情，綻放出笑容來。

討論了一陣子之後，妖精用開朗的聲音大聲說：

「好！讓本小姐再次宣布！我們的同人社團『山田妖精與僕人們』在此成立！」

「喂，妳那是什麼莫名其妙的社團名稱！」

「呵呵，幹嘛生氣呢，征宗？這是最棒又最好懂的超讚名稱吧？」

「小妖精，我想把『內褲』加進社團名稱裡。」

「不然艾蜜莉，把社團名稱改成『山田妖精的內褲』吧。」

「那樣不就像是本小姐要賣自己的內褲一樣嗎！」

「我是小妖精的粉絲的話，應該會因為超級在意而跑去看看喔，這樣非常有吸引力。」

「喔？那這樣，封面插畫也要走那種方向嗎？」

「色色的封面！色色的封面！」

「請妳們閉嘴！情色漫畫老師跟她的師姊！再講下去本小姐就當妳們是性騷擾喔。」

「人家不認識叫那種名字的人。」

紗霧講完總是掛在嘴邊的那句話後，把頭撇向一邊。

妖精則顯得氣喘吁吁，難得露出疲憊的模樣。

「再說，本小姐都說已經申請而且也已經入選了吧！社團名稱不能變更！知道了嗎！」

「叫內褲比較好嘛……」

紗霧表達不滿。

妳是因為自己不用到會場去，才覺得即使取得稍微有點丟臉也無所謂吧？

我也覺得很丟臉，所以可不想取名叫內褲喔。

妖精重新振作起來，把話題進行下去。

「社團的負責人就由本小姐來擔任可以吧？」

「那當然。」「ＯＫ。」「嗯。」

沒有人提出異議就決定好負責人，接著……

「那麼，接下來繼續由本小姐來主持。下一個來討論『要做些什麼』吧。」

「不是要製作附插畫的小說本嗎？」

「還要再決定得更具體一點才行。像是什麼形式的本子之類，或者是其他還要再製作些什麼等等。」

「我在同人活動跟擺攤一事上都是初學者，這就交給妳了。」

我這麼說。

「但是我想在開始寫之前確定好撰寫格式。」

「這是理所當然的意見呢。畢竟全部成員都是第一次製作同人小說，用最普遍的A5尺寸，然後單頁雙層式（註：文章在單頁裡分為上下兩層的類型）——這樣就可以了吧？格式的其他細節，本小姐跟征宗再另外討論吧。」

「OK。」

依照撰寫規格不同，最適合的文本寫法也會跟著改變。

如果是A5尺寸單頁雙層式的話，文字密度會比文庫本還要高上許多，因此使用跟平常相同的寫法會變得相當難以閱讀。

另一方面，由於這不是出版社推出的輕小說，而是同人作品，因此客群年齡可能會略為提升，不習慣閱讀文章的讀者比例說不定也會跟著降低。

跟平常不同的讀者群，跟往常不同的撰寫格式。

文字要怎麼配置，怎麼樣才會方便閱讀。

漢字的間隔要跟平常不同嗎？

每個段落的登場人物要有所限制嗎？要限制的話，跟往常相比要變更多少？換行頻率呢？台詞跟敘述的比例呢？

光是這樣思考著各方面的問題，就已經讓人無比雀躍。

妖精應該也可以感同身受吧。

「愉快製作同時也要拿出成果，結果還是這樣最能提升實力。」

這句話就像在回應我正在思考的事情一樣。

妖精笑嘻嘻地豎起手指。

「現在來發表我們必須在這次的活動之中達成的任務。第一點，要製作出品質足以收費的本子來。」

「那當然。」

因為全體參加人員都是職業級。

雖說是第一次參加，但這點可是非得要達成才行。

「第二點，算上經費後，要讓活動在有利潤的情況下結束。」

「如果太過講究的話，瞬間就會超出預算，所以要小心喔，尤其是艾蜜莉跟紗霧。不過嘛，老子我從企畫階段就開始參加了，應該沒問題吧？」

「要印製多少本呢？」

「價錢要定為多少？」

我跟紗霧詢問後。

「可以的話，本小姐想設定為不太需要找錢的一千圓。數量的話，應該一百本就可以了。」

「以艾蜜莉來說，這數字還真踏實。」

愛爾咪納悶地歪起頭來。

我有同感。本來以為妖精應該會大喊這跟第一次參加無關！然後講說「本小姐要印個五千本！」才對。

別說是踏實，這個數量甚至給人一種怯懦感。

不過嘛，實際上又是如何呢？初次參加的社團推出小說本一百本。

暢銷作家——姑且也包含我在內——有數名參與其中。

我認為毫無疑問可以賣完。

是我太天真了嗎？

我往我們之中看起來最能做出正確估計的愛爾咪看去。

「雖然不太清楚日本同人活動的情況，但如果老子我是負責人的話，就會再印更多本喔？」

「畢竟連本小姐都參加了嘛，就算是幾千本也絕對可以賣完吧？可是如果印太多的話，顧攤人員不就很辛苦嗎？」

「啊……」

進入會場的是三名第一次參加的人。雖然不清處裡頭到底是什麼狀況，但凡事還是要保持點餘裕才行，那就這樣吧。

而且我們的目的其實也不是要賺大錢。

想得真周到啊，妖精前輩。

剛才的說明我可以接受。愛爾咪詢問說：

「不找人來幫忙嗎？」

「不找。申請時已經借用大哥的力量了，而且當天他也會過來……再來，從開始到結束，都要只靠我們來進行。」

「喔……挺有幹勁的嘛。」

「嘻嘻，那是當然的啦。本小姐可是這個社團的負責人呢！」

妖精開心地挺起胸膛，她無比起勁地暢談她的計畫。

「好啦，你們幾個！為了讓活動可以在有利潤的情況下結束，現在由社團負責人來告知關於金錢方面的事情！一千圓乘以一百本就是一百萬圓。從這裡頭扣掉社團參加費跟三人份的交通費這類必要的經費後，算出來的就是要用在印刷上頭的預算！」

？？？？？？除了妖精以外的所有人頭上都冒出問號。

我代表成員詢問：

「雖然很突然，但想問一下社團負責人山田妖精老師，一千乘以十是多少？」

「十萬啊。」

「真的假的。」

這傢伙該不會是故意的吧？

帥氣進行說明的途中不要把算數算錯啦。

「喂，愛爾咪，給這傢伙當負責人會不會太危險啊？」

「征宗，你這就不懂了，這點就是艾蜜莉的可愛之處吧？」

「是啊，如果不是參加相同企畫的時候就很可愛呢。」

「紗霧妳看啦！征宗對本小姐好冷淡！快來安慰本小姐！」

「小妖精，我想要畫全彩的。」

「妳突然就提出很誇張的要求耶！」

既然是紗霧的希望，那我就盡可能想要達成。

我認為有必要好好考慮是否納入她的提議，開口詢問。

「那個，紗霧，既然是小說本的話，那有畫成全彩的必要嗎？」

「有。」

「這代表不只是封面，連只有文字的內頁也要製作成彩色嗎？」

「那個啊……我會做成每一頁都附有彩色插畫。」

「？？？啊～……那個，妳預定要畫幾頁呢？」

「一百頁左右，大概吧。」

「唔呃！老子我得要畫五十張彩色插畫嗎！」

會變成那樣的情況呢！

「說起來，要用A5尺寸印刷一百本全彩一百頁的本子，那會是很大一筆金額喔。就連不擅長算術的本小姐都很清楚，價錢設定為一千圓的話會賠超多錢喔。」

「這需要進行各種調整跟討論。說不定別用本子的形式會比較好……但是，我對內容很有自信。」

紗霧的臉上充滿幹勁，這氣氛促使大家把她的說明聽到最後，但同時也產生一股不妙的預感。

「紗霧『想製作的東西』的完成狀態有點難以想像耶，請妳再說明得更清楚一點。」

「嗯，我知道了。」

聽到妖精的詢問後，紗霧坐在座墊上點點頭。

「首先，我跟小愛爾咪會各自畫出十張色色的女孩子彩色插畫，因此作業量方面，其實不需要太過擔心。」

「嗯……這個嘛……算了。然後呢？」

「接著製作大量差分圖（註：指基礎構圖相同，但有細微差異的圖），像是表情不同或是衣服破掉的版本，有無汁液之類的。」

「……這是……小說本對吧？內文要怎麼辦呢？」

「把上色過的色色文章，恰當地擺在彩色插畫上頭。」

「那是情色ＣＧ集吧。」

妖精的臉頰染成通紅。

相對的，情色漫畫老師雙眼發出燦爛的光輝。

「我想把價錢定為九百七十二圓。」

「這種價格設定是從哪邊跑出來的？」

「打八折的話就會變成七百七十七圓。按照我的調查，這在網路上是很常用的價格。」

「妳還真清楚耶！」

到底是在哪邊常用啊？

「總而言之……」

愛爾咪一臉疲憊地搔搔頭。

「雖然情色漫畫老師那股邪惡的熱情有徹底傳達給我們，但這還是要否決啦！難得山田妖精跟和泉征宗都齊聚一堂了，不要弄成情色ＣＧ集，就弄小說本吧。」

「唔……如果能放些有點色色的段落進去，那這樣也沒關係。還有人家不認識叫那種名字的人。」

「抱歉喔，情色漫畫老師。」

雖然很想盡可能達成妳的希望……

但是……要我跟三名美少女一起製作情色CG集，這可是種刑求啊。

接下來——

我們爭對幾個細微的部分決定好方針。

費用由所有人平均分攤，利益——雖然要等賣光後才會有些許程度的利潤——也是平均分配。

要製作的是一百頁的小說本。

只有封面是彩色，然後再加上數張黑白插畫。

由和泉征宗與山田妖精各自寫一篇單頁雙層，大約五十頁左右的原創小說。

雖然沒有要販售周邊商品，但是裝飾攤位用的壓克力立牌等等，就由愛爾咪跟紗霧製作一些。

——以上等等。

「我們寫完大綱後，就把這些交給插畫家，然後全體就這樣開始製作。」

「所有人同時開始製作嗎？」

「沒錯。這跟商業小說的走向不同呢——沒問題吧？」

「那當然。」

不過，這由我來說也很奇怪。

「沒問題吧，紗霧？」

「嗯。只要有大綱跟和泉老師的說明，我就可以……畫出插畫……我要畫。」

紗霧握緊拳頭，充滿了幹勁。

「啊，那邊兩位。不好意思，在你們鼓起幹勁的時候打擾。」

妖精很乾脆地說：

「這次的組合要跟平常相反。征宗的小說由愛爾咪來繪製插畫，要為本小姐的小說繪製插畫的是情色漫畫老師，就是這樣。」

「咦咦！為、為什麼？」

紗霧雙手撐在地板上，探出身體來。妖精不懷好意地笑著回答：

「這次的活動中，第三個我們非得達成不可的任務，那就是為了讓所有人獲得更進一步的成長，要在產生變化的環境中創作。同時，還要創作出比平常更好的作品。」

「這種事……」

紗霧不滿地噘起嘴唇。

「……會有效果嗎？」

「有喔。」

妖精如此斷言。

「尤其對像我們這樣，從出道以來就一直跟相同插畫家搭檔撰寫輕小說的人而言，全新的挑戰必定會帶來成長。你們參與了動畫的工作，應該也實際體會到了這點吧？」

「…………是……沒錯。」

紗霧大力地點頭。

我自己也完成了好幾項全新的工作……「至今無法辦到的事情」變得可以辦到了，也了解到自己可以辦到「至今不知道能否辦到的事情」——又或者了解到自己無法辦到。自己有哪邊不足，都會被迫強制理解。

練習、學習、實踐——獲得全新的技術。

說起來，這項同人企畫，是展望實現夢想後的光景，為了讓所有人獲得成長而進行的。

「吶，紗霧……要不要挑戰看看呢？」

「……我應該有說過，『我討厭和泉老師跟除了我以外的插畫家搭檔』，你還記得嗎？」

「那當然。」

那是剛認識妖精的時候。

我們感情很差，還吵架——用小說進行對決的那時候。

紗霧躲在自己房間裡頭進行繪圖的特訓。

因為她把搬到隔壁的妖精，誤認為是要跟和泉征宗搭檔的新任插畫家。

「跟情色漫畫老師G一決勝負的時候也是。」

「……的確是那樣呢。」

愛爾咪隱藏真實身分跟紗霧進行對決的時候也一樣。

為了阻止和泉征宗跟情色漫畫老師G一起工作，紗霧於是奮發向上。

她就是如此地重視自己跟和泉征宗一起工作這件事。

「知道的話，那就好。」

原本露出不滿表情的紗霧，聲音在此時變得和緩。

「只有這次，就把你借給小愛爾咪吧。」

「喔！就讓老子我借用一下啦！」

你們的對話真是有趣到不行——愛爾咪露出像在這麼說的表情。

「可要記得還我喔。」

「哈哈，老子我知道啦。很好——所以啦，征宗！這次不是跟紗霧，就跟老子我邊打情罵俏邊創作吧！」

愛爾咪裝熟地把手搭到我的肩膀上。

「啊！所以說，禁止那種行為！」

「稍微一下下沒關係啦——對吧，征宗？」

「喂，不要捉弄紗霧。」

當我對臉孔近在身旁的愛爾咪抱怨時，她露出壞心的笑容對我低聲說：

「笨蛋，這種機會很難遇到耶，讓喜歡的女孩子嫉妒很有趣對吧？」

「……嗯，老實說是這樣沒錯。」

愛爾咪那種三不五時就想讓妖精感到嫉妒的心情……總覺得可以體會。

「不過，我可不幹。」

「征宗，你還真的是很征宗耶——」

她笑嘻嘻地向我伸出右手。

「雖然只限這次是很遺憾，不過請多多指教啦——夥伴。」

「我才要請妳多指教。」

我緊緊握住值得信賴的插畫家的手。

這是本來不可能實現的，和泉征宗與情色漫畫老師G的雙打組合。

「紗霧，我們這邊也不能輸喔。」

妖精向紗霧伸出右手。

「絕對要創作出比那邊那一組更有趣的作品！」

「小妖精妳真的很喜歡跟人一決勝負耶。」

「是啊，最喜歡啦！妳又是如何？」

「跟人決勝負的話是不喜歡也不討厭，不過——我討厭輸掉。」

「嘻嘻，本小姐知道。」

兩人互相對看，然後突然笑出來。

「小妖精，我們要獲勝！要贏過和泉老師跟小愛爾咪！」

同人誌就由和泉征宗和山田妖精各自刊登一篇小說。

這意味著——會在讀者讀了以後受到比較。

不管是插畫還是小說。

這是無法避免的對決。

然後——

這次的敵人不只有山田妖精。

情色漫畫老師也是我的敵人。

情色漫畫老師
ero manga sensei
第三章

由山田妖精擔任負責人的同人社團，隨著日出組成。

我們從還不到清晨五點就開始進行第一次的討論，決定好大略的活動概要與方針後，就先回歸到日常生活之中。

同人活動終究只是興趣，是種休閒，是為了成長而進行的修練。

「自己的正業這邊也得確實做好才行呢。」

所謂的正業就是輕小說或插畫的製作，還有跨媒體的監修等等……不只是這些。

還要盡到身為學生的本分，或是做好身為家裡蹲的本分，不然也有身為不上學的人要沉迷於新遊戲之中的本分。

我在每天的學業與工作結束後，開始利用就寢前的少許時間製作要給同人誌用的小說。

不是開始撰寫，而是開始製作。

商業輕小說的執筆非常接近個人製作，因此經常在沒有跟任何人商量的情況下，突然就趁勢開始撰寫。

但是，這次是集體製作，要由大家來創作出一本書。

「接龍小說那時候，因為大家都在即興創作，才會變得亂七八糟嘛。」

不能重蹈覆轍，這次要比平常更加慎重地來進行。

因此雖然連企畫書都稱不上，但我先製作了「想寫的內容清單」。然後再拿給大家看，藉此收集點子。妖精也會製作類似的東西，紗霧跟愛爾咪各自也會有想要畫的故事吧。

這些都需要商量。

即使情色漫畫老師與妖精這對組合，是要和我互相比較作品的競爭對手也一樣。

這都是為了讓這一本書可以變得更好。

「好啦——要來寫什麼樣的故事呢？」

我舔舔嘴唇。

對和泉征宗來說，這是段無比幸福的時間。

社團成立後的第三天，時間是早晨五點半。

我起床之後迅速地洗好臉，把衣服換好。

這個時間的話，也不會因為太早起床而被妖精老媽給責罵吧。

可以微微聽見有女性們的說話聲，還有做飯的聲音傳來。

看來課程似乎已經開始了。

我打開客廳的門，朝著廚房說聲「早安。」來打招呼。

「早安啊，征宗。」「哥哥，早安。」「早安，正宗。」

正在料理的三人回以早晨的問候。

接下來，從客廳的沙發這邊……

「嗨，早啊。」

也傳來問候。明明是冬天，卻還在大露大腿看報紙的人是……

「咦，愛爾咪？歡迎啊——怎麼了嗎？」

「嘿嘿，我被叫來吃早餐啦。」

「哦～」

我在愛爾咪對面坐下。

「全員都到齊的話那剛好。等吃完早餐後，要來討論一下同人的事嗎？因為我把想要寫的東西整理好了。」

「真的嗎？」

愛爾咪像是等不及般這麼說道。

「到早餐做好為止還有一段時間，老子我想先聽一下內容耶。」

「我弄成清單了，用電腦來看吧。」

我從自己的房間把筆記型電腦拿過來，變形成平板型態後，顯示出「想寫的內容清單」給愛爾咪看。

「哦，明明是和泉老師製作的資料，卻看得懂呢。」

「一開始就來這麼嚴苛的批評喔！」

負責漫畫版的愛爾咪老師！

過去讓妳看了那些難以閱讀的資料，真的是萬分抱歉！

我努力改善了！因為得要讓許多人看我自己製作的資料嘛！

「哼呵呵呵——喔～哦～哼嗯～」

愛爾咪用手指在平板的畫面上滑動，仔細閱讀著清單。

然後她把平板還給我。

「那就用這個吧。雖然還得聽聽看艾蜜莉她們的意見，但以老子我個人來說，只要是征宗寫出來的點子，不管用哪個都可以。」

「還真隨便！妳沒有自己想畫的東西，或是對劇情的要求這類的嗎？」

「老子我喜歡畫被別人要求畫的東西。再說這也講過好幾次了，老子我是和泉征宗寫的輕小說的大書迷，所以希望你儘管寫自己想要寫的故事。『夥伴』想要我畫的東西，老子我只要迅速地將符合對方想像的東西以超乎期待的品質畫出來就好了。硬要說的話，我希望的就是可以實現這件事吧。」

「愛爾咪老師最棒了！」

這是什麼超配合的插畫家大人。

受到我大力稱讚的愛爾咪顯得有些害羞，用手指拉了拉身上穿的無袖背心的肩帶。

「征宗你喔～難道是喜歡上老子我了嗎？」

「喜歡！」

我想所有的同行都會這麼說。

「哦～跟艾蜜莉相較起來比較喜歡誰？」

這句像是要捉弄人的台詞，讓我立刻回答：

「我喜歡愛爾咪老師！」

「……真的假的。」

全力傳達好意後，愛爾咪突然變得膽怯起來。

「感覺光是今天，和泉老師的好感度就賺到了一萬分左右。」

她驚訝得瞪大雙眼。

這時候，傳來一陣跑過來的腳步聲——

「那邊的對手組合！你、你你你、你們剛才好像講了些很不得了的對話吧！」

身穿圍裙的妖精跑來插嘴。

「亞美莉亞！為什麼妳在短短幾分鐘之內，就把征宗對本小姐那花費漫長時間累積起來的好感度超越了啊！」

「嘻嘻嘻，生氣的艾蜜莉也很可愛呢。沒有啦，老子我就對征宗說『老子我是你的大書迷。』『你喜歡的插畫，不管是什麼我都會按照你的想法照著畫出來喲。』這些，好感度就大幅暴漲啦。」

「這是哪招，也太狡猾了！用這招就算是本小姐也會喜歡上妳啊！」

「哥哥！我人就在附近，你還搞外遇是怎麼一回事！」

拿著湯杓的紗霧也加入其中。

「我、我也是一直都有幫你畫圖啊！」

鏘鏘鏘鏘，紗霧用湯杓敲我的頭。

「真是的！真是的！」

完全不會痛，就只是很可愛。

「妳聽我說啊，情色漫畫老師，愛爾咪老師說會依照我的請求，按照我的想法來把圖畫出來耶！」

「唔嗚～～～真是的！照這種講法，聽起來不就好像是我都無視和泉老師的請求一樣嗎！」

紗霧的臉頰有如松鼠般鼓起，發出可愛的抗議。

我開口詢問：

「妳沒有無視嗎？」

「有是有啦！」

就是說啊。

太好了，她還有自覺。

「情色漫畫老師別說是無視請求，甚至還會刻意不照文章的描述來繪製呢。」

尤其是女性角色的外貌，遭到她變更的次數可能還比較多。

這種時候，我會等插畫完成之後再回頭修改文章的內容。

「那樣子絕對比較可愛嘛。」

「我知道，這是為了讓我寫出來的角色變得更有魅力，妳才用插畫進行提案的嘛。所以我認為——角色是我跟妳兩個人一起創造出來的。」

可以完美依照作者想法畫出來的插畫家。

和雖然會跟作者想法稍微有些不同，但可以畫出更高水準插畫的插畫家。

想必，就只是如此而已。

並沒有哪邊比較優秀的分別。

情色漫畫老師跟愛爾咪老師，對我而言都是最棒的。

「只不過，很多地方的做法都有不同。跟愛爾咪老師搭檔，總覺得很新鮮呢。」

「就是說吧，就是說嘛。本小姐的愛爾咪很棒吧？呵呵呵呵——征宗！交換伴侶這種愉悅的行為，看來你馬上沉迷於其中了呢！」

「不要用這種低俗的講法啦！」

妖精對於我的吐嘈無動於衷，只是呵呵笑著。

我稱讚愛爾咪的實力這件事，似乎讓她很開心。

「本小姐也想對新搭檔的工作表現感到新鮮呢。對吧，情色漫畫老師？」

「人家不認識叫那種名字的人。」

紗霧把頭撇到另一邊。

「不過，我絕對會交出不輸給愛爾咪的成果來。」

「本小姐可是超～級期待喲。」

咚，妖精握拳輕敲紗霧的胸膛。這時我對她說：

「啊，妖精，剛才也對愛爾咪講過——吃完早餐後，要來討論一下同人的內容嗎？」

「抱歉，本小姐還沒有開始進行。」

「果然啊！妳昨天都在玩遊戲，我就覺得會這樣～～！我想早點開始撰寫耶！」

「好啦，你就稍等一下嘛。等待隊友的作業，也是團隊製作的醍醐味喔。」

「這不是團隊製作的醍醐味，是討人厭的地方吧！」

「寫得快的傢伙就是猴急，真令人困擾——好啦好啦，討論用的資料對吧？本小姐會盡早開始製作，請你再等幾天吧。」

「拜託啦！我可是充滿幹勁喔！」

「你喔，會從決定要做的那個瞬間開始突然就讓情緒高漲到MAX呢。呵呵～本小姐就喜歡你這種地方喲。」

「唔唔……就、就算想用可愛的台詞來矇混也不行！」

就這樣——

我們開始了交換搭檔來進行創作的每一天。

然後又過了幾天，在某天平日放學後。

舞台依舊是在和泉家的客廳。社團成員全體都齊聚在現場。

「妖精，妳差不多決定好想寫什麼了吧？」

「那件事之後再說！」

妖精突然從座位站起。

「——你們幾個，本小姐現在要講些超重要的事情！」

在房間中央，妖精像是演講般說著：

「現在本小姐正在進行兩項祕策。」

這麼說起來，這個同人活動好像也是作為妖精的第二項「祕策」而開始的。

山田小妖精逆轉的第一道祕策——

「本小姐要把紗霧鍛鍊成超可愛又充滿魅力的女孩子！」

山田小妖精逆轉的第二道祕策——

「來製作同人誌，然後參加冬COMI吧！」

妖精至今按照她的宣言，進行了各式各樣的活動。這些祕策的第一項跟第二項，目前都還在進行中——就是這樣。

可是，我沒辦法推敲出她這些行動的意圖。

該說沒有頭緒嗎？但是觀察她進行祕策的過程……

妖精跟紗霧感情變得更要好，紗霧變得更加更加可愛，又促使我們在創作這方面獲得成長——大概就是這種感覺。

對於所有人來說都是正面幫助，沒有什麼好抱怨的——

我對妖精的好感當然也是有所增加——

——沒錯，但就是有種拐彎抹角的感覺。

應該說，以妖精而言，這還真不夠直接嗎？

還是說，講得那麼誇張，但進攻手段卻太過溫和了？

硬是要用妖精風格的講法來比喻的話，那就是在對戰型的益智遊戲裡，對手明明是個高手卻幾乎沒有發動什麼攻擊——就是如此難以理解。

從我這邊無法看見的對手的畫面上，似乎正偷偷地在組成巨大的連鎖。

在這種預感之中，妖精用誇張的動作斬釘截鐵地說——不對。

「山田小妖精逆轉的第三道祕策！」

「本小姐要治好紗霧的家裡蹲！」

是將其引爆。

「…………………」

「………………………………」

我、紗霧、愛爾咪，三個人都以沉默來回應，甚至沒有人改變表情。

因為這對我們來說，就是如此重大的事情。

「咦？」

最先發出聲音的人是紗霧。

「……那個……妳說什麼？」

「如果沒聽清楚的話，那本小姐再講一次——就是說我們要來把紗霧的家裡蹲治好。」

「這——這要怎麼治好？」

我開口講出的，是最率直的疑問。

因為從過去到現在，我跟京香姑姑可是費盡心思——

但是妖精卻好像一派輕鬆地這麼說：

「就很普通地打開玄關的門，然後走出去呀。」

「……咦？」

「紗霧，因為妳……不是一直在練習要走出去外頭嗎？」

「…………………」

我知道，這個真的是從很久以前就開始了。從我知道紗霧的祕密時起，紗霧就一直在進行「走出外頭的練習」和「克服家裡蹲的練習」。

然後《世界上最可愛的妹妹》第一集發售時，在這個值得紀念的日子——

『哥哥，歡迎回來。』

她離開房間走下樓梯，來到玄關迎接我。

「變得可以打開『不敞開的房間』的門。」

妖精用溫柔的聲調，述說紗霧一路走來的歷程。

「變得可以跟一直以來保護自己的人說話，坦率說出自己的祕密，也變得能讓蒙住眼睛的同班同學進到房間裡。」

一點又一點地，向前邁進著。

「村征來襲的時候，妳也走下一半的樓梯，靠自己的力量將她趕跑。」

——**才不給妳！**

——**絕對不給妳！**

那個紗霧，發出幾乎可以震動房子的巨大聲量喊叫。

「為了獲得姑姑的認同，還在這裡玩過『學校遊戲』呢。」

「是啊……」

我也回想起當時的狀況。

「即使家裡有其他人，只要那是感情好的朋友或家人，妳就可以走出房間，跟他們待在相同的空間裡。」

「不只是這樣，不久之前……妳甚至還把朋友邀請來家裡，舉辦了過夜留宿呢。」

「……嗯。」

紗霧點點頭，注視著妖精。

我也已經明白妖精想要講的是什麼了。

「所以說，紗霧，妳——」

「應該已經可以走出去了吧？」

紗霧的家裡蹲，是不是已經治好了呢？

妖精想說的就是這件事。除了我們家人以外，不……正因為妖精掛念以及關注紗霧的程度甚至不會輸給我們這些家人，她才能講出這句話。

「要不要現在就在這裡試試看？」

紗霧聽到這句話後……

「…………………………」

她低下頭，然後再看著妖精，視線顯得游移不定。

接著把手抵在胸口，吸了口氣後再呼出。

然後她用帶著堅決的眼神開口說：

「我試試看。」

紗霧走出客廳，快步前往玄關。我們默默地跟在她後頭。

走廊化為一片寂靜。

「…………………………」

越是靠近玄關，紗霧的腳步就越緩慢。

我忍住想要衝上前的衝動，看著她的背影。不久後，紗霧抵達玄關。

絕對不出門的她的鞋子，從某個時期開始，就一直擺在玄關。

這其中含意，在場所有人都很清楚。

「…………」

紗霧蹲下來，把嬌小的腳掌——穿進跟全新的一樣，但尺寸剛剛好的鞋子裡。

接著站起來，向前踏出一步、兩步。

朝著門把，緩緩地、慢慢地……伸出手。

然後——

「啊，果然不行。」

一瞬間就把手縮回來，然後俏皮地吐出舌頭。

「妳會不會放棄得太乾脆了！」

「再堅持久一點啦！」

我忍不住跟妖精一起吐嘈。

「因為啊……」

紗霧不滿地噘起嘴唇。

「我今天也有練習，然後才剛失敗過嘛。即使受到激勵，也不可能突然就成功啊。」

她把頭撇過去，但接著又馬上轉過來。

然後朝著我，大大張開雙手。

「所以，跟我一起出去吧。」

「————」

我睜大眼睛，並且眨了眨。於是紗霧繼續這麼說：

「雖然一個人沒辦法……但如果跟哥哥一起的話……」

「嗯嗯！」

我回以笑容，跑過去用力抱緊她。

「哇、哇……好難為情。」

「是妳叫我這麼做的吧。」

「是那樣沒錯……但做了之後真的好難為情。」

「我也是。」

明明不該是這麼做的場合，明明接下來會有更艱鉅的挑戰，但我們還是刻意相視而笑。

我就這麼粗魯地穿上鞋子。

「征宗！」

「我知道——目的地是妖精家。」

雖然不用講也知道，但我現在充滿了不安！雙腿甚至不停地發抖！

可是，同時我也感到無比興奮！而且充滿了期待！

不只是因為正擁抱著喜歡的人。

而且現在我們兩人正要繼續向前邁進。

「如果感到難過的話，要馬上說出來喔。」

「嗯。」

我就這麼抱住紗霧向前踏出一步，然後將單手輕輕地從她身上移開，抓住門把，接著用力轉動——

「要走嘍！」

我將門打開。

陽光照耀而下，這對我而言就跟平常沒兩樣，是道沒有特別強烈的太陽光。

「——嗚。」

紗霧似乎覺得很刺眼而瞇起眼睛。她用力地……抓住我的衣服。

我的腳下意識地想要後退——

「不行！」

這瞬間，紗霧大聲喊叫，讓我停下腳步。

「走吧！就這麼走出去！」

抓住我衣服的力道變得更強。仔細一看，紗霧用力閉起了眼睛。

我點點頭，就這麼向外踏出腳步。

「……哈哈。」

眼淚從臉頰流下。

紗霧終於再次走出家門了。

「…………………」

我觀察著紗霧的狀況，慎重地走了幾步。

「來，我們已經走出門口嘍。」

沒有回應。她拚命緊貼著我，額頭滲出汗水。

妖精和愛爾咪從後頭跑過來，追過我們兩人。

「還有一半喔！」

妖精把自己家的大門打開，跟愛爾咪一起在那邊等待。

我又走了幾步後，下定決心跑了出去。

接著就這樣穿過門口，跑完這幾公尺。

雖然只有短短幾公尺，卻是我們一直無法跨越的幾公尺路。

「……到了。」

進入玄關後，我輕輕將紗霧放下。現在還不能大意。

咕嘟，我嚥下口水。

「紗霧，到了喔。沒關係，已經可以睜開眼睛了。」

「…………………嗯。」

我從正面抓住紗霧的雙肩，就這樣觀察她的情況。

紗霧的眼皮微微抖動，接著她緩緩睜開眼睛。

完全睜開的眼瞳裡，倒映出我的臉。

「…………………………………………………………」

好，結果如何…………

看情況，我可能得立刻把她帶回家裡頭。

我為了讓自己可以隨時行動，全身持續緊繃著。

到底經過了多久的時間呢？短短幾秒……還是幾分鐘呢……體感時間已經錯亂，無法判別。

不久後紗霧張開嘴唇，發出微小的聲音。

「好像……沒問題。」

「真的嗎？沒勉強自己吧？」

「嗯……可以握住你的手嗎？」

「那當然。」

我笑著伸出手，紗霧抓住我的手站了起來。

然後往周圍東張西望。

「這裡就是小妖精的家啊。」

「沒錯。紗霧，歡迎妳來到本小姐居住的城堡，水晶宮殿。」

這麼說來，好像是叫這個名字喔。

不對……真是的……這女人真的會讓緊張感蕩然無存呢……

沒錯，我在想的當然是紗霧的狀況。

我不會放鬆警戒，但看樣子好像真的沒問題。

「太棒了，紗霧！」

我想講的台詞，先被愛爾咪講去了。

她用力拍打師妹的背，露出滿臉笑咪咪的笑容。

眼角還浮現了淚珠。

真是個感受性很高的人，她是強烈地感同身受了我和紗霧的感受吧。

「哎喲，小愛爾咪，這樣很痛。」

嘴巴上講著不滿的話的紗霧看起來很不好意思。

「……嘿嘿…………雖然這個樣子，還完全不行就是了……」

「呵呵，是啊。」

妖精開心地說。

「看來還沒辦法把紗霧帶去冬COMI會場。」

「妳連那種事情都有在考慮嗎！」

再怎麼說都不可能吧。

「哎呀，目標就是定得越高越好嘛——不過，紗霧妳做得很好，本小姐要誇獎妳。」

妖精把手伸到紗霧頭上，輕輕地撫摸她。

於是紗霧的臉頰害羞地染上紅暈，可是看起又好像很高興。

「嗯……謝謝。」

看到這天使的微笑之後，妖精露出雪白的牙齒，露出王者的笑容。

「紗霧！」

「是、是的。什麼事，小妖精？」

紗霧驚訝地眨眨眼睛，妖精大聲且明確地對她說：

「本小姐想跟妳一起去海邊。」

「——咦……」

「總有一天——本小姐想帶妳一起去會場參加活動。想要再次舉辦夏季集訓，想帶妳到本小姐的島上，也想跟妳兩個人一起去旅行，想要帶妳去海外的時裝秀——想跟妳一起去的地方、想一起做的事情，可以說是多到講不完。」

所以。

妖精像是要把拳頭刺入紗霧胸膛般碰了碰她。

「本小姐期待那一天的到來。」

「嗯……」

微微點頭後，紗霧像是要把好友的拳頭用雙手包覆住般緊握。

「嗯！」

然後再次用力點點頭。

「很好。」

妖精把拳頭收回來，溫和地改變話題。

「既然妳看起來沒事的話，先暫且休息一下吧。要吃點什麼嗎？」

「不用了，我想稍微躺一下。」

「這樣啊，不管妳做出什麼樣的要求，本小姐都已經做好萬全準備嘍。」

我想也是呢，這傢伙就是那種人。

「唔嘿嘿，那就馬上往小妖精的床上GO吧！」

「妳還真有精神耶！」

在那之後，我們目擊到，因為看見沒有留下任何美少女氣味的乾淨床鋪，而顯得相當不滿的紗霧。

情色漫畫老師這個人，看來真的沒辦法保持美好的氣氛。

就這樣——

紗霧的家裡蹲獲得更進一步的改善，如果是跟和泉正宗一起，就可以稍微走出家門了。

讓紗霧在妖精的房間裡躺下後，所有人都鬆了一口氣。

紗霧乖乖地躺在妖精的床上。

雖然她在大家面前笑著逞強，但或者真的是累了吧。雖然好像沒有睡著，但她從剛剛開始就連一句話都沒說，好像有點昏沉的感覺。

「唔嗯…………」

這位妹妹在床上抬起上半身。

「喔，醒來啦。」

「人家從一開始就沒有睡著啦，呼哇……」

「但是妳好像很想睡。要不要回家，然後今天就直接睡了吧？」

我看向窗戶。從窗簾的縫隙裡微微窺見的天空，是夕陽西下的天色。

紗霧搖搖頭。

「不……我要起來。」

「這樣啊。」

紗霧躺到床上後，我們會留在這個房間是紗霧的要求。

在現在的狀況下，我也不打算留紗霧一個人獨處。

坐在椅子上閱讀輕小說的妖精抬起頭說：

「你們幾位，就這樣留在本小姐家裡過夜吧。或者說，就暫時在這裡住上一陣子吧。」

「不行，會給紗霧帶來負擔。」

我冷淡地拒絕，於是妖精便說：

「這可以當成練習吧？」

「………………」

我往紗霧那瞄了一眼，紗霧微笑著說：

「只要是跟哥哥一起的話，就沒問題。」

竟然講出這麼可愛的話來……

唉……好喜歡她……

為了重振瞬間就快要融化的大腦，我輕咳了幾聲。

「妖精，妳的意思是……這也是屬於『治好紗霧的家裡蹲』的一環嗎？」

「是啊。但不只是如此而已，不覺得這樣很有趣嗎？本小姐住在紗霧的房間時真的很開心。從今天開始，就在本小姐家過夜，這樣子也會很開心喔。」

沒有比這個更具有妖精風格的理論了。

我們沒有理由拒絕。

「征宗、紗霧，就這麼辦吧。其實老子我因為某些理由，從上個月開始就住在這裡。你們也能一起住下來的話會變得熱鬧，那老子我也會很高興。」

愛爾咪也推薦我這麼做。

看來愛爾咪果然一直住在妖精家裡。

所以被妖精叫出來的時候，她才可以五分鐘就來到我家。

……老實說，關於這件事，還留有很多想吐嘈的部分。「因為某些理由」這點也讓人很在意。

但是能知道這點真是太好了！可以弄清楚不是什麼黑暗的緣由實在是太好了……！

「知道啦，既然紗霧說好，那我也沒問題。」

我終於也同意後——

「請多指教啦，小妖精。」

「呵呵～本小姐才是呢。」

以妖精家為舞台的「同人創作過夜留宿」就此開始。

我們在妖精家裡跟紗霧一起留宿。

用講的雖然簡單，但這需要做很多準備。

畢竟是那個紗霧要到朋友家裡過夜。

「首先要跟京香姑姑報告吧，然後是要帶替換衣物跟日常用品過來。」

當我扳起手指計算時，妖精一臉得意地插話說：

「在本小姐的城堡（水晶宮殿）舉辦的過夜留宿，可是由本小姐親自提案的喔。要讓紗霧在這裡生活的必需品當然早就事先查好了，而且都已經準備萬全了。」

只要人有過來就好，她這麼說。

「妳那是什麼好像要迎娶新娘的台詞啊。」

「要讓紗霧過夜的話，如果沒有這種程度的認知，那『哥哥』可不會允許吧？還有恐怖又溫柔的姑姑也是。」

「那當然。」

「所以啦，就麻煩你聯絡家長啦。」

「知道啦——紗霧，其他還有什麼需要的東西嗎？」

坐在床上的紗霧看來果然很想睡，她迷迷糊糊地搖晃腦袋。

即使如此，她還是勉強回答了我的問題。

「畫圖的工具、我的枕頭、電腦還有——」

紗霧做出在手掌寫上筆記的動作，列舉出需要的物品。

最後看著我，用睡昏頭的聲音說：

「最需要的是哥哥。」

「是、是喔。」

啊啊啊啊啊啊啊啊啊！好想緊緊抱住她！

想睡覺的紗霧也太可愛了吧……！

我用力閉緊眼睛忍住這股衝動。

愛爾咪用傻眼的語氣說：

「既然這樣的話，那征宗還是跟著紗霧會比較好。她應該很久沒有待在自己房間以外的地方了吧？工作道具那些的，就讓老子我去拿過來吧。」

我稍作考慮後，說聲「拜託了。」把鑰匙交給她。

同性又是同行的愛爾咪應該會比較適合吧。

「好，包在我身上。」

愛爾咪出去後，房間裡就剩下我、紗霧跟妖精三個人。

紗霧的睡意看來已經到達極限……

「呼啊……啊……」

她打完呵欠後就往後倒下。

「好想睡，來午睡……一下。」

她安穩地閉上眼睛，沒多久後就發出微微的打呼聲。

「睡著了呢。」

妖精發出微微的笑聲。

接著就降低音量，做出把手指抵在嘴唇上的動作。

「等到吃晚餐的時間，再把她叫醒吧。」

「是啊。」

對紗霧而言，這是第一次在外過夜，也是久違的外出。

雖然很緊張地守著她，但是能像這樣安心睡著的話，說不定真的沒有問題。即使如此，我還是不打算離開房間。

妖精似乎也持相同想法，她用慈愛的眼神，注視著發出沉穩呼吸聲的紗霧。

「……太好了。」

「嗯嗯。」

不需要多餘的話語。

「你會覺得本小姐太亂來了嗎？」

「我很感謝妳喔，想必紗霧也是一樣。」

我們之間進行著簡短的對話。

「雖然妳大概會說『不需要』，但還是謝謝啦。」

「呵呵，如果全部都要說出口的話，那就會講一堆相同的台詞啦。」

「就算如此也一樣。」

「是喔。」

從旁人聽來，這是段聽不太懂的對話吧。

跟妖精兩人獨處講話時，經常會變成這樣。

因為她的觀察力太強，原本需要說出口的話都可以省略。

我們一起看著紗霧的臉龐。

我從餘光看見妖精轉頭看向我。

雖然她好像想說些什麼，但是我先開口說：

「我說，可以讓紗霧住進這個房間嗎？」

「本小姐是那麼打算的喔。雖然有多的房間，但本小姐跟紗霧住同一個房間就好。你想想，本小姐之前也是住在紗霧的房間嘛。」

「床只有一張就是了。」

如果要從其他房間搬來的話，我打算幫忙，原本是因為這樣才問的，但妖精一派輕鬆地講著「這床很大所以沒關係」來回答。

「這樣不是比較有『過夜留宿』的感覺嗎？」

「……上次的『過夜留宿』因為感冒沒辦法參加，妳好像相當在意呢。」

「不行嗎？」

「不……是無所謂啦——話說我要睡哪裡才好？」

「嗯～……………………要一起住進這個房間嗎？」

「啥！」

當我猛力把臉轉向妖精時，她把食指抵在嘴唇上。

「噓——」

「……抱歉。不過這是妳的錯吧，講些奇怪的玩笑話……」

「明明不是在開玩笑——好啦好啦，本小姐會準備好你的房間啦，別露出那種表情。」

那種表情是指哪種表情啊。

真受不了……就是這種講話方式……才會讓人覺得她像老媽子啦。

「吶，征宗，只是這樣待著不覺得很無聊嗎？」

「紗霧就在我眼前睡覺，怎麼可能會無聊。」

「噁心。」

吐嘈還真是字數越少，威力越高耶！

「哼，覺得我噁心也無所謂——所以呢？妳原本是打算講些什麼？」

「本小姐寫好同人用的點子筆記了，要看一下嗎？」

「哦，終於啊，都快等得不耐煩了。」

「讓你久等啦。不過相對的，本小姐很有自信喲。」

既然妖精這麼說的話，那就期待一下吧。

她從椅子上站起，走向帶有古董風格的桌子。

從那邊拿起一疊紙後回到這裡。

「來，這給你。」

朝我遞出來的東西，是A４尺寸的紙張資料。

上頭用小型黑色夾子夾著。

「那就讓我看一下吧。」

資料沒有封面。

『同人社團「山田妖精與僕人們」，冬COMI的製作物相關資料』

上頭用粗體字寫了暫定的標題。

「之前你製作的『想寫的內容清單』裡，不是有寫到共享世界嗎？那個本小姐也覺得很不錯，於是思考出了最棒的提案。」

她這種自然而然就冒出來的自賣自誇，我也已經很習慣了。

所謂的共享世界，就是由數名作者共用世界觀來進行創作。

舉個有名的作品，像《克蘇魯神話》就是共享世界的一種。

我的那個清單上頭，有提出「想要寫個共享世界！」這樣的提案。

現在閱讀的資料，是妖精以回應我的提案的方式製作而成的。

內容簡單來說——就是「本小姐想要寫這樣的共享世界！」吧。

「本小姐跟情色漫畫老師，你跟愛爾咪的這兩組搭檔，創作出兩部作品來一決勝負——之前不是這樣決定嗎？那麼要不要就用共享世界，然後再設定一個共通的主題呢？」

爭對我正在閱讀的部分，妖精用口頭進行說明。

「用相同世界觀、相同主題來製作——就能明確地分出優劣。」

這提案很有妖精的風格。

「還不只是這樣，作為一本同人誌，這樣也能產生統一感。你會提出『想要寫個共享世界』

這樣的提案，也是著眼於這一點吧？」

「要用哪種主題？」

「就用世界系吧。」

對話用很快的節奏進行著。

我緩緩抬頭看著天花板，開始思考。

「世界系呀——」

說到何謂世界系。

由於篇幅會變長，因此詳細的說明與定義在此都省略掉。

這裡也向對世界系作品有獨到見解的各位讀者先鄭重道歉，還希望大家以平穩的心情閱讀下去。

「呃——就是要選擇『深愛之人（女主角）』還是選擇『世界』——這樣的故事？」

我轉頭面向妖精，試著陳述這種粗略也該有個限度的認知。

「知道這些就夠了。」

看來有講對。

「一對男女在逐漸毀滅的世界裡旅行，只要犧牲女主角，世界就能獲救。」

妖精以戲劇般的語調將故事的要素一一陳列出來。

「如果要讓和泉征宗與山田妖精撰寫相同主題的話，就設定兩組境遇十分相似的男女，由本

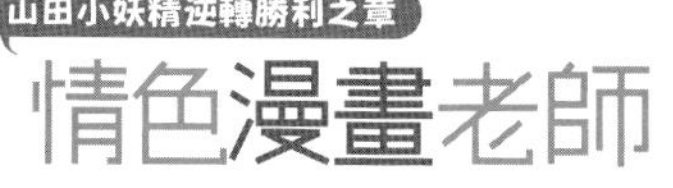

小姐跟你來撰寫他們的未來。」

「這一定會變成完全不同的故事吧。」

「角色的個性或對話的感覺、他們要做些什麼、要去哪裡、在旅途的最後會達成什麼——最後會做出什麼樣的選擇，會有什麼結局等待著，透過相同主題與相同世界觀，應該會誕生出完全不同的故事！然後讀者就會——」

「接著閱讀下去！」

「沒錯！」

實力相近的作家，用各自的點子，像是打桌球般互相殺球，並且將它琢磨成更加優秀的構想——超越雙方原本實力的作品就會因此誕生而出。

這真是段無比愉快的時間。

孩提時代感受到的那種興奮不已的心情不斷持續著。

「要用哪種世界觀？」

「喊『一、二』後一起講出來吧——一、二！」

「文明崩壞後（Postapocalypse）的世界！」

「劍與魔法的奇幻異世界！」

「為什麼啊！要整合成中等篇幅的話，設定為有魔法的世界比較好吧！」

「難得都要寫共享世界了，我想讓世界觀更講究點啊！想仔細打造出文明崩壞後的世界嘛！」

「你那是絕對會讓頁數大幅超過的設定啦！」

「唔唔……的確……喂，妖精，可以把妳的頁數分一點給我嗎？」

「才不要，你是白痴嗎！」

明明雙方都知道「要安靜點」才對，但我跟妖精不知不覺間講話都變得很大聲。

然後，也在不知不覺間——

「…………………」

原本應該在睡覺的紗霧，就那麼躺著睜開眼睛，然後緊～緊地盯著我們對話的模樣。

「「哇啊！」」

注意到這件事的瞬間，我跟妖精一起僵住。雖然也沒做什麼見不得人的事情，但她醒得實在太出乎意料，嚇了我們一跳。

「紗、紗霧……」

「抱歉，看來把妳吵醒了呢。」

「…………………………」

即使一起開口，紗霧也沒有回應，依舊對我們投以像在觀察的眼神。

有如幻想般的美少女面無表情地保持沉默，讓我重新體會到這是非常恐怖的情況。

紗霧又整整沉默了好幾秒，才終於開口。

她露出警戒的表情。

「對小妖精果然不能大意。」

「這、這只是在討論同人誌要寫些什麼樣的故事而已喔！」

我立刻辯解。

明明不是那樣，心情上卻好像被人當場抓包了外遇現場。

「紗霧，征宗講的是真的喲。這次跟本小姐的祕策可沒有任何關係。」

「嗯，我知道。哥哥跟小妖精只是很普通地在討論小說的設定而已，我沒有誤會。」

「是、是嗎？」

那為什麼要說「不能大意」呢？

紗霧就這麼躺在床上伸出一隻手來，輕輕觸摸我的臉頰。

然後用力一擰。

「……很痛耶。」

「因為你們好像討論得很開心，我只是嫉妒而已。」

紗霧像在回答我內心的疑問般說著。她放開我的臉頰，接著翻身轉向另外一邊。

「…………大概吧。」

她低聲細語的這句話，沒有傳進我的耳朵之中。

之後——

由於紗霧醒來，愛爾咪也回來了，我們開始準備晚餐。

負責料理的就跟最近的和泉家相同，是紗霧和妖精。

「哇……有好多我們家廚房沒有的機械。」

「征宗他母親所設置的廚房讓本小姐受到啟發，所以買齊了各式各樣的用具。來這邊吧，本小姐來教妳怎麼用。」

「嗯。」

看來紗霧是這樣接受妖精的指導的。

——好好喔，紗霧。我也好想讓妖精教我，好想使用最新的低溫調理機。

按照慣例，我被排除在料理製作之外。於是，我用等待晚餐的時間打電話聯絡京香姑姑。

聽完事情的經過後，我們的監護人大喊「你說什麼！」大吃了一驚呢。

這也是當然的吧……畢竟啊——那個紗霧出了家門，而且還要在朋友家裡過夜。

她大喊說「我現在立刻回去！」就掛斷了電話。

——這件事應該要大家面對面，好好對她說明才行。

在妖精家客廳打完電話後，我朝著廚房開口說：

「妖精！紗霧！晚餐麻煩妳們也要準備京香姑姑那一份！」

「好～從一開始就做了五人份嘍！」

真不愧是妖精。

「這邊還得再花點時間，征宗就邊等邊選房間吧。亞美莉亞，麻煩妳幫忙帶路。」

「好喔。」

伴隨著輕鬆的回答，愛爾咪從廚房裡現身。

她邊偷吃火腿邊往這邊走來。

「所以啦，跟老子我來吧。」

「嗯，麻煩了。」

妖精有時會用筆名稱呼她，有時候又會叫本名。

……這裡頭有什麼區分稱呼的規則存在嗎？

會這麼說，是因為我對紗霧也是如此。有時會叫紗霧，有時候會稱呼她為情色漫畫老師，會用一定的規則來區分。

但是用筆名叫，她會很可愛地發脾氣，所以基本上都只叫本名。

思考這種事情的同時，我跟著愛爾咪走上樓梯，前往二樓。

「她說要讓征宗找個二樓喜歡的房間住進去。」

「就算妳說喜歡的房間……」

以前妖精曾經帶我參觀過全部的房間。

——**你應該要感到光榮！因為你是本小姐這座城堡第一個客人！**

第一次來到這個家裡時，因為妖精才剛搬家過來，記得大多數房間都塞滿了紙箱，還沒有整理好。

然後啊……

——**本小姐在這座城堡裡，創造出好幾個有趣好玩的遊樂設施了。**

沒錯沒錯，也有發生過這種事情。

那時候每個房間都用特別的概念來裝飾，所以根本沒辦法當成參考來選擇要住的房間吧。

雖然讓我自己選要住的房間，但卻沒有可以讓人決定的情報。

愛爾咪轉過頭來給我建議。

「二樓的房間配置是艾蜜莉跟紗霧的寢室、艾蜜莉的工作用房間、老子我住的房間，其他還有兩個給客人用的房間。」

「嗯嗯。」

「更詳細點說明的話，其中一個客房是村征來過夜時經常使用的房間，是半日式房間的感覺。另外一個是克里斯大哥來這邊過夜時用的房間，兩邊的寢具都是床。」

不愧是愛爾咪，她掌握了整個配置，彷彿這裡就是她家一樣。

「喔喔……跟之前她幫我介紹時相比，改變滿多的耶。」

「啊～艾蜜莉那傢伙會不停地變換裝潢嘛。」

我懂，妖精感覺就很喜歡那樣。

「順帶一提，身為艾蜜莉最特別的親友的老子我亞美莉亞，是住在比普通客房更寬廣又更漂亮的房間裡頭，這邊就請你多多指教啦。」

愛爾咪突然充滿奇妙的優越感。

……好啦，就按照剛才告訴我的這些情報，來決定要住的房間吧。

這樣的話，就是從「村征學姊經常住的房間」跟「克里斯先生經常住的房間」來二選一吧。

要說的話我是比較喜歡和式風格的房間……但如果經常有女孩子使用的話，說不定還是避開來會比較好……是我太在意了嗎？

我為了做出更安全的選擇，向愛爾咪詢問：

「愛爾咪推薦哪間呢？」

「跟亞美莉亞一起住在寬廣又漂亮的房間裡如何啊？反正有兩張床嘛。」

愛爾咪朝自己的臉豎起拇指。

「……如果不是開玩笑的話，姑且讓我聽一下理由。」

「因為艾蜜莉跟紗霧這組搭檔，也是住在同一個房間裡進行創作吧，你不想也那麼做嗎？」

「啊啊……嗯，這個道理我懂。」

也不是說只要住在一起就能創作出好作品——我並沒有那麼天真。

只不過……環境跟平常不同，收穫可能會很多，而且好像純粹會很開心。

我是這麼想的。

「如果妳不是女性的話，那樣子也不錯……但是不行吧。」

「我可不在意喔？」

「我可很在意啊！」

一般來說是反過來的吧！

「為什麼是女孩子這邊幹勁滿滿啊？」

「喔～征宗你是把老子我當成女孩子看待啊？」

「啥？這是當然的吧？為什麼妳會講出這種話？」

「因為你對老子我應該沒有戀愛感情吧？」

「完～～～～～～～～～～～～全沒有呢。」

當我講出最誠懇的真心話肯定之後，愛爾咪「哇哈哈哈」地大爆笑。

「你看，那不就好啦？」

「就跟妳說才不好！」

為什麼都聽不懂啊！

好像聽不懂我全力的拒絕似的，愛爾咪一臉疑惑地歪著頭。

「哪邊不好啊？現在有比創作還更重要的事情嗎？」

「妳喔……」

這種說法，以創作者而言是非常正確的。我也感受到，自己在內心對她變得更加尊敬。可是身為一個女孩子，這發言太令人頭痛。我疲憊不堪，不懂為什麼自己非得把這種事情講出口才行，同時一口氣講出一大串話：

「聽好喔，我實在很不想講，所以就一口氣講完——我對愛爾咪從過去到現在都沒有感到臉紅心跳過，也不帶有任何戀愛情感。但是先不論這些，我還是覺得愛爾咪很漂亮，之前看到妳穿睡衣時還有一瞬間感到心動，說不定會因為什麼狀況而產生非分之想！所以不能住在同一個房間裡！就這樣！」

「…………………」

聽完我這長篇大論的說明後，愛爾咪眨了眨眼，接著……

「知、知道啦。」

說完後，她似是要用手抱住身體，點點頭。

臉頰也染上紅暈。

「那個……跟人家在一起……會有非分之想？」

「會有。」

「…………講來參考一下……是什麼時候？」

「像妳穿著現在這種單薄的無袖背心的時候，一下看見大腿，一下看見肚臍，還有好像快要看見胸部的時候，每次都會。」

「老子我可以跟紗霧告狀嗎？」

「是妳要我講出來的吧！」

「是那樣沒錯，但這很難為情啊！老子我本來以為是跟你結交了沒有性別差異又不用拘謹的友情，所以不要這樣突然讓人意識到你是異性好嗎！」

愛爾咪扭動著身體，像是要躲起來不給我看一樣。

面對失去冷靜的異性朋友，我把內心想法陳述出來。

「我們依然是結交了沒有性別差異又不用拘謹的友情喔，但是不論這點，還是會有非分之想。」

「喂，輕小說作家！你的台詞前後矛盾耶！」

「才沒有！這可以同時成立！是男孩子的話就會懂！」

這段對話是怎樣啦？

我只是誠實地拒絕和她共處一室而已，應該沒有做錯什麼吧……

為什麼我反倒才是被斥責的一方啊？

「總、總而言之，就是這樣，我要一個人住那間和式風格的房間。」

「……那間房間可沒有村征留下來的內衣褲喔。」

「不要把我塑造成好色的角色好不好！」

我沒有做過那種會被鄙視的行為！我可是個專情的男人！

「嘻嘻，開玩笑的。抱歉啦。」

愛爾咪露出牙齒呵呵笑著。

已經完全回到原本那種毫不拘謹的氣氛了。

簡直像剛才的對話完全沒發生過一樣。

「真是的……」

我轉身前往下樓的樓梯。正準備要走出去時，背後傳來聲音。

「喂，征宗。」

「啊？」

我刻意像對待男性朋友般粗魯地回答……

「吃完飯以後，來老子我的房間一下。」

我沒有回頭，舉起單手表示了解後便走下樓梯。

……可惡……因為一直講些奇怪的對話，讓這句話聽起來別有含意……

害我開始擔心是不是被她察覺到我的動搖了。

告訴妖精已經選好房間以後，我先回了家一趟。

理由是要跟京香姑姑會合，然後要把工作用具——雖然這麼說，但也只有筆電而已——帶過去。

「我回來了！正宗！紗霧呢！」

「……在、在這邊。」

我迎接穿著套裝全力奔跑回家的京香姑姑，帶她到妖精家裡。

趁京香姑姑在客廳休息的時候，我向屋主問了Wifi密碼，把筆記型電腦設置在房間裡。

這樣工作環境就布置完成了。

真想要寫的話，其實只要紙、鉛筆或一支智慧型手機——更極端一點，只要大腦還在就足以執筆，甚至連桌子、椅子跟電腦都並非必需品。

那些只是讓效率變得更好而已。

我選擇的房間是村征學姊經常使用的和式風格房間。

但其實只是擺設了和風家具，讓房間有和式風格，基本上還是西式房間，寢具也是床。

有木製的桌子跟椅子，所以我把筆記型電腦放在那邊。

「村征學姊就是用這張桌子來執筆撰寫手寫原稿的吧？」

這麼一想，說不定這算是書迷們會想要的物品。

不久後，晚餐準備好了。紗霧使用跟平常不同的廚房親手製作的料理，就由我、紗霧、妖精、愛爾咪、京香姑姑五個人享用。

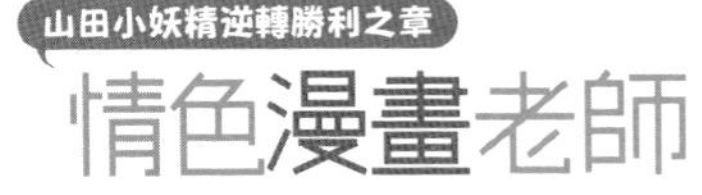

用餐的同時，我重新把今天發生的事情以及決定好的事情向京香姑姑報告。

「……我明白了。既然如此的話，那就尊重紗霧的想法吧。」

「哎呀，比想像中還要乾脆地就同意了呢？」

妖精停下正在用餐的手，看著京香姑姑。

「是啊。」京香姑姑輕輕點頭，把視線從妖精轉向我。

「正宗也會一起住下來吧？既然如此，我就放心了。」

「是的，請交給我吧。」

我不覺得這種信賴很沉重，因為這是我理所當然要承擔的事物。

「不過，實際上各方面還是要多多拜託跟紗霧住在同一個房間的妖精就是了。」

「請妳多多關照了，山田小姐。」「再次請妳多多指教啦，小妖精。」

「交給本小姐吧！」

可以順利地把事情經過說明完，我想有很大的部分是因為京香姑姑相當信賴妖精。

然後，晚餐過後……

我為了完成剛才跟愛爾咪的約定，前往她的房間。

敲敲房門後，我開始等待。

對我而言，這是個很特別的行為。

該說是為了見到妹妹的儀式嗎……雖然只是我擅自這麼認為而已……

而現在不是要見紗霧，而是要找愛爾咪，所以我有種奇妙的抗拒感……還夾雜著些背德感。

愛爾咪將門打開。

不是像紗霧那樣帶有猶豫的開法，而是強而有力地打開。

看到她出現的瞬間，就產生了這傢伙又把頭髮放下來……或是這傢伙穿了外套……之類的想法。

雖然有很多感想，但我還是努力表現得跟往常一樣。

「嗨。」我舉起手來，愛爾咪也「嗨。」地回應。

是朋友間毫不拘謹的招呼。

「等你很久啦，征宗。進來吧。」

「嗯嗯。」

在她的邀請之下，我踏入房間。

「啊……是美術室的氣味。」

「畢竟是老子我的房間嘛。還有不要聞啦，很難為情。」

「抱歉。」

看一眼就知道是愛爾咪的房間——這裡就是那樣的地方。

簡單形容的話，就是很雅緻的畫室。

看起來昂貴又高雅的家具應該是妖精準備好的東西吧？另一方面，在我猜是愛爾咪帶進來的繪畫器材裡，除了畫架以外都是些我連名字都不知道的物品。形狀奇特的陳列櫃上，有許多畫筆和調色盤整齊收納著。

在電腦的周圍，有好像在紗霧房間看過的電繪用具並排擺放著。

我稍微張望了一下，又看見速寫簿跟被顏料弄髒的圍裙——等等。

「真的有好多東西喔，這個房間。」

「因為是老子我的房間嘛。」

明明是相當寬敞的房間，卻為了因應才能跟可以達成的事情，而讓物品跟著增加，使房間變得狹窄。我不禁跟自己的房間做比較，跟工作的用具做比較。

混雜了焦急、憧憬跟悲哀的想法湧上心頭。

「所以，愛爾咪老師找我有什麼事嗎？」

剛才分開時抱持的色色妄想，因為這個房間的關係已經全部消失。

轉變為想要盡情創作的心情。

愛爾咪說：

「我想讓你看看給同人用的插畫草稿。」

「咦？不是啦，現在連要寫什麼都還沒決定啊。」

剛剛才跟妖精為了世界觀而爭論了。

現在這時候不可能畫出插畫來吧？

當我帶著這樣的疑惑看著愛爾咪時，她露出像在說「你才是在講些什麼鬼話？」的表情。

「好幾天前，征宗不是把『想寫的內容清單』給老子我看過嗎？就是看那個畫出來的啊。如果要用其他方案的話，那也無所謂，反正也要練習畫圖。」

「那……個。」

雖然這句話有很多地方讓人想吐嘈……

「總、總之可以先給我看看嗎？」

「嗯！」

愛爾咪很開心地把藏在身後的插畫用雙手遞出。

在速寫簿上用鉛筆畫的插畫，並不是只有一張。

「…………………………」

我盯著第一張插畫看著……然後默默地翻頁。

「！」

一瞬間瞪大雙眼後，又暫時陷入沉默。就這樣繼續翻頁。

如此重複幾次後，回到第一頁。這次是默默地看了很長一段時間。

「和泉老師，如何？能不能講些什麼感想啊？」

「……要從哪邊說起才好……」

從好的意義上，不對……從好過頭的意義上來說，我只能發出乾笑。

還有，我冒出了強烈的疑問。

「那個啊，愛爾咪老師。」

第一張與第二張所描繪的，是主角與女主角的插畫。破爛不堪的制服上頭，穿著已經用慣的皮革鎧甲。兩人都很年輕，大概是高中生左右的年紀——可是，站姿卻毫無破綻。從樂觀的笑容之中，可以感受到強烈的生命力。

數個不同的表情、從正面以外的其他角度畫的圖、小型物件的特寫和解說——被描繪、書寫在紙上，感覺甚至可以直接作為動畫的設定稿使用。

第三張以後所描繪的是倒塌的大樓群、突破柏油路生長而出的雜草。再生後的森林、美麗又閃閃發光的河川、整片綻放而開的花朵們。

從毀滅末日生存下來的人們所居住的，充滿田園風情的聚落。

舞台設定明明很黑暗，卻又散發出一股開朗氣氛的文明崩壞後的世界。

「首先，那個……為什麼妳要畫這些？」

「因為你想要我畫對吧？」

「所……以……這……」

唔呃……？聲音發不出來。我不斷鼓舞自己，才終於擠出聲音來。

「是這樣沒錯！是很想要妳畫沒錯！但那個清單上頭，不是寫了很多種點子嗎！為什麼偏偏選擇這個來畫呢——啊！是從妖精那邊聽到的嗎？不，不對！我剛剛才跟那傢伙討論了世界觀的

事情！」

「你冷靜點。」

愛爾咪用手掌拍拍我的肩膀來安撫我，接著這麼說道：

「那張清單上，你最想寫的就是這個吧？老子我看過後就知道了，也開始想要畫出來，於是就畫了，這樣ＯＫ嗎？」

「…………………」

我目不轉睛地盯著愛爾咪的眼睛看。

她尷尬地把視線移開。

「我想你大概會寫這個吧。雖然不知道你跟艾蜜莉最後討論得怎麼樣，但最後還是會寫這個吧。因為你很想寫對吧？」

「嗯嗯，我是這麼想沒錯。真虧妳能知道呢。」

「知道啊，老子我可是很～了解的。」

她講這句話時想到的是誰的臉孔，這根本想都不用想。

「我果然很喜歡愛爾咪老師呢。」

「老子我也超喜歡和泉老師耶。」

「相親相愛呢。」

「兩情相悅喲。」

愛爾咪呵呵笑著，然後像是捉弄人般詢問：

「情色漫畫老師跟愛爾咪老師，你喜歡哪一邊？紗霧跟愛爾咪，你又喜歡哪一邊呢？」

「我喜歡情色漫畫老師，我喜歡紗霧。」

「哈哈哈哈。」

愛爾咪老師大爆笑，我也盡情放聲大笑。

「哎呀～看來這會變成很愉快的企畫呢。有交換搭檔真是正確答案。」

「是啊。」

「要寫個好故事出來喔，和泉老師。」

「那是當然的啦。」

接下來──我們有如潰堤的洪水般開始討論起來。

從對插畫的細微感想開始說，接著揭開只存在於我腦袋裡的設定，然後再跳到繪畫器材的話題，又突然開始講起目前正在製作中的動畫版《世界妹》的話題。

我們一直在討論關於創作的事情──

愛爾咪忽然說：

「那個，征宗。」

「什麼事？」

「你認為啊，艾蜜莉她到底想要做什麼？」

「這是指那個——所謂的祕策嗎？」

「對對對。」

「老實說，我也不知道。雖然剛開始還有所警戒，但是實際一看，每件事都對紗霧有幫助……照剛才的問法，愛爾咪妳知道詳情嗎？有沒有從妖精那邊聽到什麼？」

「沒有……我什麼也沒聽說，就連她想要做什麼也不清楚。」

「這樣啊。」

「只不過……」

愛爾咪露出她最有魅力，閃爍著光芒的表情，看著我以外的某人說：

「因為我喜歡艾蜜莉，喜歡到不會輸給你喜歡紗霧的程度。」

「……所以想讓她隨心所欲地去放手去做。」

「那是……」

什麼意思？

感覺愛爾咪這句話，裡頭隱含了數個含意，讓我投以模糊的詢問。

「吶，征宗，老子我不會要你改變心意，也不會要你改變喜歡的對象。」

我屏息等待她說下去，愛爾咪點個頭後繼續說：

「我啊，想讓艾蜜莉把她想做的事情徹底做完。所以說，所以……就是……那個啦，如果今後，發生了什麼讓她無法繼續這麼做的情況……」

「我會幫她的，這是當然的吧？」

根本不需要聽完。

當我這樣接著說出口，愛爾咪驚訝地瞪大雙眼，然後……

「笨蛋，明明是征宗還這麼囂張。」

她把臉靠過來嘻嘻笑，用手指彈了我的額頭。

就這樣，我們過著進行創作的每一天。

跟愛爾咪預言的一樣，我執筆撰寫「以文明崩壞後的世界為舞台的故事」。另一方面，妖精也開始寫她想要寫的「劍與魔法的奇幻異世界」。

你說不是要寫相同的世界觀嗎？

關於這一點，我跟妖精討論過後，設為了可以同時成立的設定。

我們聚集在客廳做了這樣的討論。

這是幾天前的事情——

「文明崩壞後，經過漫長的時間——『世界』逐漸轉變為『劍與魔法的世界』——像這樣的感覺如何呢？」

「用各自不同的時間軸，描寫逐漸轉變的『世界』啊。這樣的話，彼此都可以寫自己想寫的故事呢。」

「機會難得嘛，就照著時間軸順序來刊登小說吧。首先是和泉征宗，撰寫才剛崩壞後的世界；接著由本小姐山田妖精，來寫數百年後已經徹底改變的奇幻世界。」

「既然如此，那關於世界觀設定的情報要慢慢釋出會比較好。知道是相同世界觀的時機，如果搭配上妖精寫的故事的高潮段落應該會很有趣。」

「交給本小姐吧。另外啊，你撰寫的主角們『做過的行為』會成為讓世界改變的契機——這樣也不錯呢。」

「可以耶。我的主角為了拯救女主角，闖下會給整個世界帶來影響的大禍——這要互相看過彼此的大綱再來做結會比較好。」

「商業作品的話我絕對會這麼做，但這次本小姐可不要。」

「什麼叫做不要啊！」

「那會變得像共同創作，所以才不要嘛。還有個更有趣的做法，就用那個方法吧。」

「講來聽聽。」

「講直接點，就是在不知道彼此作品情報的狀態下，互相交換閱讀，然後再重新修改得更有意思。那樣會讓創作過程變得更有趣吧？」

「這是個很麻煩的做法就是了。」

不過。

「連我都會想這麼提案，這絕對很有趣。」

跟山田妖精互相閱讀對方的作品，彼此進行講評。

那麼一來，感覺可以獲得大幅成長。實際上，我也在動畫的腳本會議上跟職業腳本家互相閱讀彼此的作品，藉此學到了許多東西。

身為原作者，我必須明確地解說原作各個場景，而腳本家葵真希奈老師會對自己撰寫的腳本進行解說，只要提出疑問，就可以獲得明確的答案。

實力跟自己相同，或是擁有更強實力的人，是用什麼樣的想法來創作劇情段落的呢？

面對製作人、原作者或是導演，這些從各式各樣的立場而來的意見與要求，腳本家會如何答覆呢？

那是諸如此類的交談全部都在我面前實際上演的場面。

這麼一想，我就覺得那真的是很貴重的經驗。

而我們是在遊玩之中進行類似的行為。

過去妖精曾經說過，正因為是遊戲才要使出全力。

我現在也有相同的想法。

「呵呵，決定了呢。」

「那麼，用口頭大略討論一下之後就開始撰寫吧。」

「就這麼辦，要給自己的搭檔看一下大綱喲。」

「ＯＫＯＫ。」

由於這跟愉快的遊戲沒兩樣，所以我的心情十分輕鬆。

我哼著歌看向插畫組那邊。

情色漫畫老師跟愛爾咪老師就在我們旁邊，對封面的插畫進行討論。

「所以說～不是講過封面要把兩組主角跟女主角的搭檔都畫出來嗎？採用遊戲片盒子封面的風格，背景也——」

「不行，封面只要女孩子就好，背景也不需要。再來構圖就是把我的角色擺在上半部……像這樣……很好，這樣子很可愛。」

「喂，等等！妳這樣不行吧！只顧著讓自己的角色那麼顯眼！而且妳這叫什麼上半部啊，腳都到老子我的範圍來啦！」

看來她們也在爭執。

總之，又這麼過了幾天。

然後，今天這個期待已久的日子終於到來了。

「來，開始閱讀彼此的作品吧！」

「喔喔！」

於妖精家的客廳。

在我家所沒有的雅緻家具圍繞下，製作的作品不是給我的讀者，也不是給編輯看。

而是最先給夥伴們閱讀。

環境、狀況，一切都跟平常不同。

「～～～～～～～～～」

一握緊拳頭，就滲出汗水。

這種興奮不已的心情，我覺得自己無法正確傳達。

硬要講的話，說得也是……

就像是練習了超多場的對戰遊戲，或是培養出大量自豪的怪獸，接著做好萬全準備後，即將出場參加由夥伴們自行舉辦的遊戲比賽大會這樣的感覺嗎？

還是在社團經過猛烈練習後變得技巧高超，於是第一次叫女朋友來參觀比賽這樣的感覺？

嗯，雖然稍微有點不同，但大概是這種感覺。

我、妖精、紗霧、愛爾咪，社團成員所有人都圍在大型的桌子旁。

我和妖精面對面，紗霧則是跟愛爾咪面對面。

妖精開心地發著原稿。那是用夾子夾好的A5尺寸用紙，撰寫格式跟正式的書本相同。

「插畫也確實放進裡頭了。」

紗霧指著分配到自己面前的封面這麼說道。

畫在上頭的是黑白兩色的插畫。

這是情色漫畫老師與愛爾咪老師共同創作的封面。她們之前雖然為了構圖而產生激烈的爭論，但最後還是製作出了無可挑剔的作品。

「雖然還沒有上色，但封面是這種感覺。」

「雖說很想馬上從本小姐開始來講講關於封面的感想——」

「但講評要等所有人都閱讀完畢才開始。」

大家點點頭。

愛爾咪單手拿著原稿，環視大家。

「老子我跟紗霧對於小說都沒有艾蜜莉跟征宗那麼了解。你們對於圖畫的事情，也應該沒有老子我跟紗霧這麼懂吧。但是不用客氣，有什麼感想儘管說，老子我也會這麼幹。」

「那不是當然的嗎？」

想必全體成員都這麼想吧。

因為我們想要創作的書籍，是無論何時都想讓各式各樣的人閱讀才會存在。正因為如此，並非自己，也並非職業作家的人的感想才更加重要。

「愛爾咪和紗霧妳們才是，儘管對我和妖精撰寫的小說提出感想吧。」

「嗯，知道了。」

紗霧坐在我斜前方——跟平常不同，是競爭對手的位置。

「開始吧。」

平常不會說出口的台詞，讓現場開始運作。

大家默默地點頭，伸手拿起原稿。

就這樣開始閱讀彼此的作品。

現場轉為一片寂靜，從旁人眼中看來應該是很乏味的景象吧。

但是對我們來說，這是最為緊張興奮又充實的時間了。

因為。

自己的作品現在正離開自己的雙手，登上第一個舞台。

同時，由尊敬的創作者們所創作，宛如新雪般還沒有被任何人看過的作品，正在我手中等待著被閱讀。

像這樣無比幸福的時光，人生中可遇不到幾次。

「…………………………………………………」

我默默地閱讀下去。翻頁後閱讀，然後又繼續翻頁。

由於太過集中精神，到了中途就沒在注意周遭了，但是夥伴們想必也都跟我一樣吧。

氣氛顯得無比緊繃，只有掛在牆上的時鐘那秒針前進的聲音傳進耳中。

如果現場有我們社團成員以外的第三者在場，待起來的感覺應該很差吧。說不定會覺得這個空間充滿緊張感，或者還會覺得很可怕之類的。

只不過……對於我們這些參加者來說。

閱讀彼此的作品超開心的。

會忍不住偷笑。

閱讀自己作品時，會覺得「我這邊寫得還真有趣～」，會認為「這邊寫得沒有很好耶～」而感到膽怯，還會想說「這邊！我是覺得很棒啦，可是這類劇情不太常寫，這樣沒問題嗎～」而感到煩惱。

閱讀他人作品時，會變得「這寫超好的啊～～～～～～～～～～！」，會說著「喂喂，為什麼劇情會變這樣啊～～？」然後反覆閱讀好幾次，會認為「這段場景是我贏了吧♪」、「是我就會這樣寫呢！」而自以為了不起。

再說一次。

今天互相閱讀彼此的作品，真的超級開心。

把這想法傳達出去吧。

「呼～～～～～～～～～～～～～～～～～～」

閱讀完畢。因為度過一段極為充實的時間，讓我呼出長長一口氣。

我把雙手高高伸起，讓僵硬的肌肉放鬆。

這時候就像等候了許久一樣，妖精對我開口說：

「喂！」

她打開原稿的其中一頁，滿臉笑容地擺到我眼前。

「這邊！這寫得超棒耶！」

尊敬的前輩給予了誇獎，當然我是很高興──不對，不是那樣。

「咦？那邊？」

而是先產生了疑問。會這麼說，是因為妖精說「寫得超棒」的部分，對我而言既不是「很有自信的文章」，也不是「寫得不是很好而會擔心的文章」。那是寫得極為平淡，摘錄時也只會快速看過去的部分。

講難聽點，就是連作者自己都沒有放在心上的段落。

「沒錯，就是這裡。」

妖精這麼說著。

「本小姐就喜歡你小說裡的這種部分。這是和泉征宗的小說裡一直都會有，很自然就出現的有家庭感覺的比喻的段落。」

「那邊……啊。看起來也不帥氣，女主角也沒有登場，又不是寫得特別好的文章……真的有那麼棒嗎？」

「超棒的，會給人這就是征宗寫的文章的感覺～」

「是、是嗎……謝啦。」

真高興──但比起這個，我更覺得害臊。

我搔搔臉頰。

——當別人的誇獎跟預料中不同的時候，我就會這樣…………

「那、那這樣最後面的發展感覺如何？這邊我超有自信的說！」

我提出問題，這也有為了掩飾害臊的含意在。

結果妖精嘟起嘴唇——

「太單調了，以上。」

「就一句話喔！」

明明是我自己閱讀時都認為「連我都覺得自己寫的輕小說是最棒的！」這樣的段落耶！

「本小姐也沒說不有趣啊，應該說是很有趣沒錯啦。當『世界』和『深愛之人』被擺上天秤時，你的主角會毫不猶豫地選擇守護『深愛之人』——即使世界會因此毀滅也無所謂，直到最後都只為『深愛之人』而戰。這是最熱血又最棒的發展呢。」

「對吧！」

妖精老師妳很懂嘛！

「這正是和泉征宗的真本事！是我最想要撰寫的段落啊！」

當我握拳極力強調這點時，妖精學姊笑嘻嘻地說：

「但還是單調。你撰寫的主角不都是這樣嗎？有了喜歡的女孩子以後，就會變得無比專情，會為了那女孩賭上性命，或是突破極限。」

「我就想寫這個，所以也沒辦法吧！」

「嗯，是啊。而且這也是『和泉征宗的書迷們期待你能寫出的故事』。他們就是想閱讀這樣的故事與這樣的主角，才會伸手拿起和泉征宗的書嘛。」

撰寫自己喜歡的故事，喜歡這故事的人拿來閱讀。

讀者說出覺得很有趣的感想，作者更加發奮圖強，說下次也要努力。

這就是作者與讀者間最理想的關係吧？

所以，我們才會想聚集能跟自己建立起這種關係的讀者。

「不過啊，這可不能當成每次都寫出類似發展的免死金牌。回應期待的同時，偶爾也需要製造點驚喜才行——沒錯，例如說跟不是原本第一女主角的女孩子結為連理之類的！」

「呃唔唔……」

「嗯……尤其這次如果跟世界系作品的常見劇情發展太類似的話，說不定不太好。」

「連情色漫畫老師都這樣！」

可惡……竟然講得這麼毫無顧忌。

但這講得很正確，讓我無法反駁。

我仔細琢磨體會這嚴厲的講評，然後說：

「那我不改變這種發展，再把它改寫得更加有趣吧。」

「嗯，你確實會這麼說呢。」

本小姐早就知道了，妖精裝模作樣地聳聳肩膀。

我用鬧彆扭的語氣說：

「再說也沒辦法改啦，我最想寫的情景就是這個，所以這傢伙才會是這種性格，故事背景跟劇情才會變成這種樣子啦。」

雖然編輯或是讀者，還有出版社好像都會很輕鬆地提出「只改掉這個部分」或是「改掉結局吧」這種要求，但請大家務必聽聽我的主張。

「這跟推理故事裡頭，只修正推測犯人的部分，就想把犯人換成別人一樣不可能辦到啊。」

「這本小姐很能體會。如果要改那邊的話還不如整個打掉從頭開始寫——本小姐也經常這麼想呢。」

連妖精也是這樣子啊。輕小說作家們除了村征學姊這種例外，說不定大家都有過相同的經驗。

「所以發展就保持現在這樣。相對的，我會把它寫得更有趣。」

「具體來說呢？」

「選擇『深愛之人』的代價，我想要寫得更嚴苛點。」

「這樣不錯呢。面對按照普通人的邏輯來想，絕對不會去拯救女主角的情況，卻還是毫不猶豫地選擇女主角。正因為這不是商業輕小說，也不是系列作品，就請你盡情去發揮吧，你常會在無意識間保留實力喔。」

「雖然沒有自覺……但說不定是那樣吧……我稍微思考一下。」

我把手稱在下巴上進入反省模式，坐在隔壁的愛爾咪用力拍拍我的肩膀。

「征宗！老子我覺得超有趣的耶！」

「妳不管閱讀什麼，都會說超有趣啊。」

「但真的是那樣想嘛，所以也沒辦法。老子我也不懂啥叫單調，只是覺得很有意思。你就老實收下這個感想吧。」

「知道啦……謝啦。」

說不定正因為她是這樣的人，誇獎的話語才會迅速地滲入內心。

「那個，和泉老師。」

看來大家似乎是要先從我的作品開始輪流講評，情色漫畫老師提出這樣的問題：

「為什麼你會寫出跟平常相差這麼多的故事呢？」

「征宗你平常寫故事明明都超級『偏向描寫角色』的說，這次卻『偏向描寫世界觀』。這是為什麼呢——是這個意思吧，情色漫畫老師？」

妖精像在補充般說道。

「沒錯。」

紗霧點點頭，接著臉頰變得通紅。

「還有，現在正在閱讀彼此的作品，不用叫我的筆名也沒關係……所以和泉老師，這是為什麼呢？」

「畢竟這不是商業輕小說嘛，就想說來寫些平常沒辦法寫的東西——就是這樣。」

「不是只有這個裡由，對不對？」

啊，這個是如果老實回答的話，情色漫畫老師就會不高興的問題。

即使明白這一點，我的行動也不能改變，因為我們正在閱讀彼此的作品。

有關於作品的事情，可不能隨便矇混過去。

我老實地回答：

「因為這次是由愛爾咪老師來為我的小說繪製插畫，而不是由情色漫畫老師來畫。」

「！」

「所以這次，我比以往更仔細地構築了世界觀，想要撰寫一篇可以將它徹底發揮的小說。」

「…………………哼～嗯。」

「這可不是在說情色漫畫老師不擅長繪製背景喔。」

「我知道，這跟擅不擅長無關……因為小愛爾咪可以完全按照和泉老師的想像描繪出世界觀，所以才變得跟平常不一樣，想寫一篇『偏向描寫世界觀的故事』對不對？」

「啊？紗霧妳等一下，分明是老子我比較擅長背景吧？」

「人家現在是在跟和泉老師講話，關於那件事之後再跟妳爭論。」

妳們要好好相處啦，別發出殺氣好不好。

「喂喂，征宗你怎麼想？」

別把話題甩過來啦！

但我還是會回答。

「關於哪邊比較好這點，我不予置評。只不過，愛爾咪這次繪製的插畫……尤其……像是這張跨頁的背景，真是超棒的。」

我發出感嘆。

這張插畫不管幾次都讓我看得入迷，沒辦法不去稱讚她。

「這跟我對世界觀的想像完全一致，看到草稿後立刻就有點子湧現。自從我開始跟別人一起工作以來，這還是第一次有如此舒暢的感覺。就好像有『另一個擁有插畫家實力的我』在繪製插畫一樣。」

「本小姐懂～」

平常都跟愛爾咪搭檔的妖精深切地點點頭。

看到我們的反應之後，愛爾咪露出滿臉笑容。

「嘿嘿嘿！紗霧妳有聽見嗎？他們這樣講耶！」

求妳不要利用我來獲得對情色漫畫老師的優越感好嗎！

妳看啦，紗霧的臉這下紅得跟蘋果一樣了！

我們家妹妹可是禁不起別人挑釁的啊！

「唔唔……好不甘心～～！你們給我記住！」

紗霧憤怒地站起來，淚眼汪汪地指著我跟愛爾咪。

當紗霧展現出這種難以形容的可愛模樣時，妖精也跟著站起來說「好啦好啦。」並拍拍她的肩膀安慰她。接下來她依序看向我跟愛爾咪，然後擺出誇張的姿勢說：

「雖然愛爾咪確實是無論何時都超級優秀，但是本小姐這邊的情色漫畫老師也絕對不會輸給她喔！——來，你們兩個！接下來就請講評看看山田妖精&情色漫畫老師的作品吧！」

「妖精跟情色漫畫老師的作品啊……」

我把手邊的原稿從中間翻開，翻到妖精撰寫的小說頁面。利用事先貼好的便條紙，找到目標段落。

「我想講的事情有兩點……」

「如果有要批評的話，本小姐想先從那邊聽起。」

「是嗎？那麼……雖然這麼說，但與其說要批評，不如說是疑問。」

「不用客氣，儘管說。」

「妖精寫的這篇故事，是不是中途就結束了啊？」

「是結束啦。」

「果然沒錯。」

我的視線落在最後一頁。

「頁數也沒有寫完，這個還沒完成吧——是時間趕不上嗎？」

「不，是刻意不寫完就拿出來。」

「講這種藉口的話，編輯會寄來內容帶有怒氣的郵件喔。」

會寄些寫著像是「儘管苦口婆心，還是想給予忠告」之類的，明明字面很恭敬卻會有怒氣傳來的郵件。

「就說不是藉口嘛！最後的段落，本小姐想等今天閱讀完彼此的作品，看完你的小說之後再來寫嘛！」

「啊……畢竟是以世界系為主題，是怕最後的『選擇』會重複嗎？」

「才不是。」

妖精不滿地搖搖頭。

「即使劇情發展還有主角的選擇重複，也不會造成任何問題吧？而且本小姐跟你也不可能寫出相同的東西來。」

嗯，也是啦。就算用相同大綱來撰寫，我跟妖精也會寫出完全不同的作品吧，這就是所謂的個性。

「就算偶然讓發展重複了，只要本小姐寫出更有趣的劇情來就好啦。」

「雖然在本人面前這樣講讓我很不爽，但我覺得這是很正確的態度——然後，不寫最後一個段落的理由是？」

「本小姐覺得閱讀你的小說後，會產生幹勁。」

「————」

「昨天的本小姐是以最棒的狀態來執筆，但如果是現在的本小姐……」

妖精疼惜地撫摸著原稿。接下來，她正面面向我，露出凶猛的笑容。

「會寫出更棒的結局。」

「是喔，那我就好好期待啦。」

這名偉大的小說家，是個說到做到的傢伙。

對於我的信賴，妖精回以笑咪咪的表情。

「請你好好期待吧——那麼，終於可以聽聽看第二個『想講的事情』了——本小姐的小說，你覺得哪邊有趣呢？」

我第二個「想講的事情」正是這個，她的問法完全是確信了這一點。

實際上的確如此，我也只能苦笑。

「這個嘛……」

我再次找尋目標頁數。

這時候，愛爾咪迫不及待地插話進來。

「老子我喜歡這邊！」

「那邊？還真是選了預料之外的地方呢……」

「我是這邊……吧。以往不曾顯露出感情的這個女孩，悄悄抓住男孩子衣角的時候。」

「紗霧喜歡的是自己積極表示『想要畫這個場景的插畫』的部分呢。明明是頗不顯眼的段落，加上插畫後，本小姐覺得就變成非常觸動人心的場景了。」

「……因為是女主角用動作來傳達想法的場景，所以我也想傳達給大家知道……我想畫成插畫，就動手畫了。」

「包含我的作品在內，這裡是這本同人誌最萌的場景喔。」

雖然不甘心，但也只能承認。

這個場景將女主角那細微的戀慕之心用細膩的文章表現出來，是不起眼的名場面。

只看文章的話，說不定會直接看過去就算了。

但藉由情色漫畫老師的插畫，這個段落昇華成為會留在大家內心的名場面。

「紗霧！本小姐認為角色的魅力是我們這邊獲勝了！」

「嗯！」

這種小說與插畫的相乘效果，可說是非常理想。

甚至讓我這原本的搭檔感到嫉妒。

「喂喂，我畫的女主角被說是最可愛的耶！小愛爾咪妳認為呢？」

「妳這傢伙……明明是師妹還挑釁師姊，真是大膽……」

「呵呵，我贏了。」

「唔嗚嗚…………………可惡。」

跟剛才形成對比的交談在此展開。

妖精把手抵在桌上，探出身體來。

「吶！征宗覺得哪裡最好？」

「主角是男性這點很好。」

「是嗎？明明是重視女主角可愛程度的作品，卻覺得主角很好嗎？」

「我一直都很喜歡妖精寫的主角喔。《爆炎的暗黑妖精》的主角就超級強悍又帥氣，擁有非常簡單易懂的魅力。」

「這次的主角並沒有像《暗黑妖精》那麼突出對吧？用的是頗為清淡的設定，以山田妖精的商業小說而言，是很難提出提案的類型呢。」

「雖然故事是在逐漸毀滅的世界裡旅行這種沉重的背景，但作品卻始終保持著開朗的氣氛，這讓我覺得真的很了不起……這都是多虧了主角喔。明明一直持續著相當絕望的場面，卻完全不會說出負面的發言，不會採取負面的行動，也不會有負面的思考。雖然沒有明確描寫出來，不過這個主角應該一直細心關懷著女主角吧。為了讓她感到高興，為了不讓她感到痛苦，為了讓她笑著生活，立場始終如一。」

這種地方我很喜歡——我這麼對妖精說。

「是……是喔……那這樣，本小姐就再更深入描寫他身為『強悍主角』的這一面吧。」

自己的角色受到眾多讚美，讓妖精滿臉通紅地別開臉。

然後像是要掩飾害羞般，說著「比起這個！」用強硬的語氣轉變話題。

「你們幾個，所有人的感想都不一樣嘛！而且啊，還準確避開本小姐覺得『把這裡寫成超級有趣的段落吧！』鼓足幹勁寫的地方來稱讚耶！」

這是怎樣啦！妖精生氣。

明明都稱讚她了還發脾氣。

這種心情，我非～～～～～～～～～～～～～～～～～～～～～常可以體會。

剛才我也是這樣。

「這我懂。我們啊，都想把自己想出來，覺得有趣的事物傳達出去！然後想要確認有確實傳達出去！不然就是想要確認其實並沒有傳達出去！」

「對對對！給人閱讀作品，不就像是在『對答案』一樣嗎？想要按照自己預期的受到稱讚，要不然就是想照自己擔心的受到批評！當然，要以不傷害到本小姐的心靈的委婉感覺來說喔。」

這傢伙對讀者的要求還真多。

雖然不會像她那麼直白地說出來，但我也會有這種想法。

「如果本小姐的預測失準，猜中擔心的事情，被說寫得很無聊的話，那還可以承認失敗並藉此進行反省以及分析。可是啊，預料之外的部分受到誇獎的話……總覺得很令人害臊耶！」

就是這樣。

總覺得很難為情。

明明開心到不行，卻又莫名地感到不好意思——

「雖然被稱讚有趣，卻會產生好像失敗了的心情。」

「真的到那種地步的話，不就是傲慢了嗎？」

「是這樣嗎？沒有特別下工夫寫出來的段落，被人說比特地下了工夫寫出來的段落還有趣，這樣不覺得不甘心嗎？」

「不甘心啊，雖然很高興但會不甘心。」

「對吧！」

「只不過……這種預料之外的感想，不覺得非常重要嗎？」

「哼，那種事本小姐知道啊。」

妖精不滿地把雙手交叉在胸前。

只有聲音變得溫和。

「本小姐那種『連自己都不知道的優點』，就只能等讀者來告訴本小姐了。」

讓讀者來告知後，「連自己都不知道的優點」就會變成「自己也知道的優點」。

這樣下次就能以這種趣味性為目標來撰寫。

能做到的事情會逐漸增加。

撰寫、請人閱讀、聽感想、思考，又再撰寫。

這樣的流程，我們不斷重複進行著。

想必會從第一次撰寫小說那天開始，持續到死去那天為止。

所以我總是想向讀者們詢問。

——這次的故事如何呢？覺得哪邊很棒？

接著，講評繼續進行下去——

「這次互相閱讀作品的結果很成功呢，有很棒的中間結果。」

創作出作品、互相講評、獲得預定之內的感想以及預料之外的感想。

可以說一切都很順利。

「雖然第一次在工作以外的地方這樣做……但感覺學到了很多。」

「征宗應該要再多看些網路上的感想會比較好吧？」

「會推薦『身為輕小說作家就該去看網路』的也只有妳而已了吧。感想的話我有看編輯整理起來的資料，就饒了我吧。」

「要做市場調查的話，那樣大概就足夠了。可是不能只看了大略分類的感想清單，就把它當成是『讀者的聲音』喔。」

從妖精的聲音裡，可以感受到她並沒有在開玩笑。

於是我老實傾聽前輩的話。

「本小姐的讀者現在雖然有五百萬名以上——但可沒有名叫『五百萬名讀者』的人類存在喲，而是『一名讀者』有五百萬人存在。」

對於妖精學姊講的話，我有了深切的實際體會。

今天互相閱讀彼此作品的結果，就是這種情況的縮影吧？

有四個人在，就會產生四種不同的感想，以及相對應的收穫。

有五百萬人在，就會有五百萬種不同的感想，還有相對應的收穫。

這是列為清單後的資料上無法看見的事物。

不可以把一個人的感想照單全收。

不能因為只是一個人的感想就輕視。

要好好思考！她想把這點傳達給我知道。

「真的那麼討厭的話，網路感想之類的不用去看也無所謂。但是喜好、性別與年齡都不同的『一個人』，花費了人生裡貴重的時間與金錢閱讀我們的書籍，這件事可千萬不能忘記。」

我深深點頭，認真回答：「我會謹記在心。」

這句話，成為這場讀書會的總結。

「就這麼辦吧……呵呵，這活動真是有趣，今後三不五時再來舉辦一下吧。」

「是啊。」

現場氣氛變得緩和，愛爾咪在我身旁用力伸懶腰。

「好，那就按照今天的結果，各自修改作品——是這樣沒錯吧？」

「來決定截稿日吧。」

今天的紗霧果然很積極。

「那麻煩負責人以外的人來定個日子。」

「為什麼本小姐不行啊！本小姐看起來有那麼不會管理工作時程嗎！」

「對。」

「唔嗚嗚嗚嗚……」

就像這樣，即使偶爾會愉快地爭論，同人活動仍順利進行著。

所有人先將作品提交，互相講評，接著開始製作第二稿。

「大致上已經可以看出完成的狀態了。」

「接下來要讓作品的品質更進一步提升喔！」

愛爾咪與妖精在收起資料的同時，情緒也變得更加高亢。

就在這個時候。

彷彿是要消弭這些喧囂般，電鈴聲在此時響起。

「！」

紗霧保持著坐姿整個人彈起來。

我妹妹這位經過千錘百鍊的家裡蹲少女，非常害怕電鈴跟電話的聲響。

看到她這樣，讓妖精噗哧地笑出來。

「本小姐叫了披薩，讓我們來吃午餐吧。」

她不慌不忙地站起，前去確認電鈴上的螢幕。

我也隨妖精看到了相同的事物。

映在上頭的不是送披薩來的送貨員——

「………………母親大人？」

「咦？妖精的——」

「媽媽？」

我跟紗霧都發出困惑的聲音。

記得妖精的母親……不是住在國外嗎？

那為什麼會不聯絡女兒，突然就跑來日本……

因為同人誌製作而無比熱鬧的現場突然出現了入侵者。

跟朋友玩得正開心時，從來沒見過面的家人突然回到家裡——現在正是這種狀況。尤其對於極度怕生的紗霧而言，可說是非同小可。

「怎、怎怎怎、怎麼辦！哥哥！」

「紗霧妳冷靜點，總之先回房間吧。妖精，這樣可以吧？」

「嗯，抱歉。請你們先這麼做吧……母親大人也真是的，突然跑過來到底是怎麼了呢？」

她的聲音裡，包含了跟久違的母親再會的喜悅。

只不過，愛爾咪發出不愉快的咂舌聲，讓我預感到騷動即將到來。

所有人開始慌張地行動。

我帶著紗霧，送她回到二樓房間。

接下來，妹妹如此拜託我。

「哥哥……你可以去看看情況嗎？」

「我實在不太想離開妳就是了。」

這裡不是自己家裡，也不是她自己房間。從來沒有見過面的人物，就在同一棟房子裡。

環境才剛產生變化，不知道會對紗霧產生什麼樣的影響。

「我沒事。比起這個，我更在意小妖精那邊的情況。媽媽沒有任何聯絡就突然跑來……到底是有什麼事情呢……」

「我聽說她們母女的感情很不錯，想必不需要擔心吧？」

「可是……」

紗霧對於妖精的母親出現這件事，似乎抱持著不安。

「知道啦，我稍微去看看狀況。」

我接下妹妹的請求，微笑地將門輕輕關上後，便走向下樓的階梯。

「只是啊——」

雖然是接下了請託。

但仔細想一想，這裡可是國中女生獨自一個人居住的房子——雖然克里斯先生好像也會偶爾回來這邊——但就是這樣。

身為高中男生的我住在這邊，如果被她母親知道的話，會不會不太好啊？

不，當然我並沒有做出任何見不得人的事情，只要好好說明情況，應該沒有問題才是。

但在眼下這個時機點，還是別讓妖精的媽媽看到我會比較好吧……

嗯，就這麼辦。

我帶著明哲保身的想法，躡手躡腳地走下樓梯。

我走下一半樓梯，偷偷地往一樓走廊窺探時——

「母親大人您老是這樣！為什麼就是不明白呢！」

我聽見緊繃的大喊聲。

是妖精的聲音。

「把她帶走。」

「哇哇……喂——！放開本小姐——！」

這騷動充滿既視感。

妖精正用包含日語在內的數種語言大喊著，她被穿黑色服裝的女性們抓住，拖著帶往玄關。

這種情景，只要接近山田妖精老師的截稿日，就經常會在克里斯先生與妖精之間上演。

只不過現在大哥（克里斯先生）並不在場，下令抓住妖精的是位金髮的女性。

雖然只能看見背影，但我立刻就明白了。

那應該就是……妖精的母親吧。

姿勢端正又美麗的站姿。從那捲起的頭髮中，女兒的面貌也若隱若現。

她用外語大喝一聲後，妖精那原本還滑稽地大喊大叫的聲音突然停止。這跟京香姑姑釋放出來的那種有如暴風雪般的壓力似是而非，是屬於女王的威嚇。

如果一個不注意，感覺就會當場跪下。

在這變得難以呼吸的氣氛之中。

「我說，夫人（Madam）啊。」

愛爾咪的聲音響起。雖然語調很輕浮，但聲音卻顯得很生硬。

她正面與妖精的母親對峙。

「妳不是說『要暫時讓艾蜜莉隨心所欲地去生活』嗎？」

「已經足夠了吧？」

雖然是簡短的一句話，但聽起來非常盛氣凌人。

沒錯，如果妖精繼續美麗地成長下去，想必就會像那樣說話吧。

「這不是妳可以決定的事情。」

「不，這就是由我決定的事情，亞美莉亞。」

妖精的母親緩緩拿下戴著的太陽眼鏡——

接著轉頭望向這邊。

「！」

我們四目相視。感覺她不但知道我就在這裡，還「看到」了我。

跟妖精相同色彩的瞳眸。看起來性格強悍的容貌也十分相似。

她用彷彿要貫穿對方的眼神目不轉睛地盯著我一陣子後，突然轉身而去。

然後用日語說：

「我要把艾蜜莉帶回家。工作會讓她辭掉，然後跟我找到的對象訂婚。」

「等等——」

我立刻跑下樓梯，手朝正要離去的妖精母親伸過去——可是沒能碰到她。我的肩膀被某人用力抓住，停下了腳步。

砰咚。

大門在我眼前關上。

情色漫畫老師
ero manga sensei
第四章

——我要把艾蜜莉帶回家。工作會讓她辭掉，然後跟我找到的對象訂婚。

大門關上。

伸出去的手沒有碰到，妖精的身影也已經看不見了。

我轉頭朝抓住自己肩膀的傢伙瞪去。

「喂！」

「好啦，你等一下。」

阻止我的人是愛爾咪。這傢伙明明是妖精的好朋友——

為什麼要阻止我呢？正當我打算這麼問時……

「————」

卻無法問出聲，因為我已經明白——

眼前的少女比我還更加憤怒。

她把雙手搭在我雙肩上，緊緊用力抓著。

「征宗，你根本就搞不清楚狀況。去了又能幹什麼？對那位夫人又能說些什麼？」

「我有一大堆想要問的事情。」

「那些我可以回答。」

「我要去阻止他們把妖精帶——」

「你有像輕小說主角那樣強悍嗎？」

「怎麼可能。」

「那就不可能啦，你以為那邊有幾個黑衣保鏢啊？」

「…………說得也是。」

我低下頭思考，然後抬起頭來。

「愛爾咪妳說得對，讓我聽一下緣由吧。」

「嗯，交給老子我吧。」

愛爾咪那緊繃的表情稍微變得和緩了些。

找來紗霧後，我們開始聽愛爾咪說明。

我們聚集在客廳裡。

紗霧也從二樓下來，跟我還有愛爾咪一起圍在桌子旁邊。

剛才互相閱讀作品時的原稿和筆記用具還留在桌上。那段愉快時光的餘韻，讓我微微感到一股糾結堆在胸口。

為了避免產生太沉重的氣氛，愛爾咪用輕鬆的語氣說：

「你們兩個，對於艾蜜莉的狀況知道多少？」

「她說父親在滿久之前就過世，遺言是『希望孩子們能獲得幸福』，我是這麼聽說的。」

正確來說是這樣——

『請把孩子們養育成優秀的人物。』

『請讓他們獲得幸福。』

這邊講的孩子們，是指妖精跟克里斯先生。

「到這邊為止我也有聽過。」

這麼說完後，紗霧看向愛爾咪。

我是在海邊集訓時聽說的，但紗霧似乎是自己從妖精那邊聽來的樣子。

聽完我們的回答後，愛爾咪點點頭。

「那這樣就很好說明了，那是老爺留給夫人的最後遺願。而那個人，打算使出全力來實現這個遺願。」

「小妖精講過，當媽媽說要『幫她選未婚夫』時，兩人為此吵了一架……」

「但是，她也說過『不是因為這個原因才離開家裡』。」

妖精跟母親的關係絕對不算差。

我是這麼解讀的。妖精自己也講過類似的話，今天當母親來訪時，那傢伙看起來也很開心。

不過，她在這之後馬上被帶走了就是。

「……關於小妖精的情況，我們知道的內容跟剛才發生的事情……有些出入。」

嗯嗯。紗霧，就是這樣。

我們想聽的，正是這個部分。

「艾蜜莉離開家裡之前，她跟那個人——跟母親發生了爭論是真的，當時老子我也在場。夫人說會幫她選好未婚夫，要他們見面，艾蜜莉為此出言頂撞，於是就演變為爭吵。」

——母親大人您也真傻！

——母親大人跟父親大人在一起，應該每天都過得很快樂吧？

——所以才能變得那麼幸福吧？

——為了獲得幸福，本小姐也要跟父親大人一樣。

——本小姐會自己抓住一個超棒的夫婿，度過愉快的一生！有什麼意見嗎？

「她這麼厲聲說道，讓夫人接受了。」

那副光景彷彿就在眼前上演著。妖精絕對不會去做不符合自己意志的事情。

即使是最喜歡的母親下的命令也一樣。

「只不過，也不是這樣就可以讓那位母親完全接受。」

愛爾咪繼續說下去：

「即使同意讓艾蜜莉在日本獨居，允許她以輕小說作家身分進行活動，這些終究只是暫時性的而已。暫時讓女兒隨心所欲地去生活，如果看起來快不行了就用『自己的做法』讓女兒獲得幸福——就是這樣。」

把她帶回家裡，辭掉工作，跟自己決定好的對象訂婚。

「這些，妖精她知道嗎？」

「不，她應該是認為自己已經讓母親完全接受這一切了。所以當她隔著電鈴的螢幕看到母親的臉時，才會那麼高興吧？」

「……是這樣呢。」

「小愛爾咪妳呢？」

「我知道啊。說起來，就是夫人親自叫我跟著艾蜜莉，然後把情況報告給她知道的。之前不是有說過嗎？葛蘭杰家是老子我的雇主嘛。」

「葛蘭杰？」

「愛爾咪，那個家名是？」

「是艾蜜莉的姓氏啊。咦，你們不知道喔？」

或許是感到意外，愛爾咪眨了眨眼睛。

「……我之前都不知道。」

「……我也是。」

「是喔。不過輕小說作家或是插畫家，說不定就是會有這種情況吧。即使是很親密的朋友之間也一樣。」

「這麼一想，真是不可思議的關係呢。」

這樣講的話，山田妖精的本名——

就是艾蜜莉．葛蘭杰了。

沒想到會是以這樣的方式知道。

「老子我原本是葛蘭杰家僱用來當艾蜜莉的家庭教師的，是對我照顧有加的畫商幫忙介紹，順著事情發展就跑去當了。雖然原本一開始是打算拒絕……不過，這跟現在的情況無關就是。」

或許是回想起當時的情況，愛爾咪臉頰染上紅暈，顯得很難為情。

「真令人在意呢。」

「這是感動的大長篇，下次再聊吧。回到老子我被葛蘭杰家僱用的話題上。那位夫人命令我觀察女兒的狀況，然後定期向她進行報告。」

「所以妳才跟著妖精來到日本嗎？」

「征宗你這是明知故問吧？就算沒有人要我來，老子我也會跟來啦——只不過，老子我有定期進行報告喔。艾蜜莉在日本有多麼努力，達成了多麼厲害的成果，認識了什麼樣的人，建立起什麼樣的關係——老子我都毫無保留地告訴她了。」

這代表妖精的母親，對於女兒在日本的生活狀況、發生了什麼事情，都是瞭若指掌吧。

「那又是為什麼要帶她回去呢？」

紗霧說出口的，是理所當然的疑問。

既然妖精在日本過得很好，那根本沒必要帶她回去。

愛爾咪直截了當地回答：

「她可是艾蜜莉的親生母親耶？」

「…………………………………………」

「…………………………………………」

我跟紗霧都因為這強大的說服力而陷入沉默。

完全不知道該說什麼才好。暫時沉默了一陣子後……我還是直截了當地講出了推測：

「超級自我中心嗎？」

「沒錯。」

「……雖然一度被女兒給說服了，但果然還是想用『自己的做法』來讓她獲得幸福？」

「雖然老子我也沒確認過，但大概是那樣吧。老子我想說應該差不多要來了，所以一直在保持警戒呢。」

想必是因為這樣，她才會滯留在這個家裡吧。

我稍微思考了一下後。

「…………來做個假設。當妖精長大成人，生了女兒，站上了相同的立場——妳們覺得她會做出這種超級不顧他人想法的事情嗎？」

「我覺得會。」

「我認為絕對會。」

「一定會對吧！」

所有人都完美地一致認同。

「嗚哇～這對母女實在有夠麻煩！真是糟透了！」

「喂喂，征宗，怎麼連對艾蜜莉的好感度都下降了啊？這次她是被害人，都沒有做什麼壞事耶。」

「不是啦，那傢伙當上母親後感覺也會做出相同的事情嘛。」

「絕對會，這不會錯。小妖精是那種遇到最喜歡的人，就會搬出『本小姐覺得這樣很好』這句話，然後給人添麻煩的類型。我在第四集時也中招了。」

「對吧～」

我們熱烈地講妖精的壞話，講了一陣子。

呼……氣氛變回嚴肅，讓所有人的心情沉靜下來。

「好啦——該怎麼辦？」

愛爾咪這麼說，於是紗霧立刻產生反應。

「我想請妳……重新再告訴我們一次，小妖精被帶走的那個時候，到底……發生了什麼事情？」

「啊啊，因為紗霧在樓上嘛。征宗也是從中途看起的。」

那就告訴你們吧，她這麼說。

她像是在複習般，開始敘述。

當電鈴響起，妖精到玄關去迎接母親——在那之後。

——母親大人，好久不見！今天是怎麼了呢？

——我是為了把妳帶回家而過來的，把工作辭掉，回去訂婚。

——啥？等等，您還在講這種事情嗎？本小姐離開家裡的時候，我們不是已經討論過——妳還沒到可以結婚的年齡，所以暫且先跟我選的未婚夫人選見個面。快去準備。

——唔……母親大人您老是這樣！為什麼就是不明白呢！

——把她帶走。

似乎有過這樣的對話。

實際上，這段話好像是混合了包括日語在內的數種語言。

從愛爾咪翻譯後的內容聽來……還真誇張耶，我的內心只湧現出這種感想。

這就是所謂完全不顧對方感受的舉動吧。

「那個未婚夫是什麼樣的人，愛爾咪妳知道嗎？」

「只知道名字。有好幾名候補……但都沒有見過面。不過啊，不管哪一個都是上流社會家族的少爺，畢竟是夫人選擇的人選嘛。反正鐵定都無法理解日本的宅宅文化吧。」

「那就不行啦，才不能讓小妖精跟那種人結婚。」

紗霧怒氣沖沖地發著脾氣。

相對地，我冷靜地開口說：

「前提是，這是妖精他們——葛蘭杰家的問題。別人家的問題，我們不能在沒有本人允許的情況下插手干預。」

「啥！哥哥！你在說什麼啊！」

「而且如果是妖精的話，這點程度的問題她會自己解決吧。」

沒錯。對那傢伙來說，這種事——根本連危機都稱不上。

即使我們什麼也不做，她也一定能靠自己達成「符合希望」的結果吧。

她會擅自解決這樣的狀況，不久後就會回來了吧。

根本不需要擔心。

「雖然可能是那樣沒錯……！」

可是，可是，可是……啊。

「真讓人火大——」

「……哥哥？」

「為什麼我會這麼憤怒呢？」

我低聲自言自語著。

沒錯……我現在，似乎非常憤怒。

但是，這是什麼樣的憤怒？是對什麼，對誰產生的憤怒呢？

是對妖精身處的狀況，對身為元凶的那位母親感到憤怒嗎？

單純又正確的憤怒。紗霧抱持的就是這種憤怒吧。

但是我呢？只是這樣嗎？我認為那種憤怒也有，可是真的只有如此嗎？

我自己也搞不太清楚。各種情感混雜，我感到焦躁，無法分析。

當這股怒氣化為言語脫口而出時，我不認為可以將心情正確傳達給別人。

想必會講出些奇怪的話來。

這是連我自己都無法翻譯的想法。

即使是能心意相通的對象，也只會以扭曲的形式傳達過去吧。

仔細想想，從第一次見面開始——

每次都是這樣。

那傢伙總是會擾亂我的內心。

讓我失去平常的沉著冷靜，取回自由奔放的孩提之心。

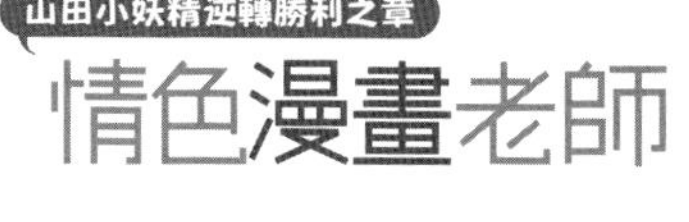

「吶，和泉征宗老師。」

愛爾咪語帶詼諧地對咬著嘴唇的我說：

「像這樣的場面，經常會在創作中出現吧？像是被迫訂下婚約的女主角之類的。然後主角就會去拯救她，毀掉這樁婚事，把女孩子帶走。」

「妳是要我去做這種事？」

「你做不到吧？因為你的女主角可不是艾蜜莉啊。」

「…………………」

我瞇起眼睛看著她。愛爾咪往紗霧那邊瞄去，而我沒有移動視線。相對地，我注視著映照在愛爾咪眼瞳中的紗霧。

我的女主角點點頭。

「決定了。」

我這麼說。我的心情依舊紊亂，到底在對什麼感到憤怒，也仍然不明確。

「我要插手管這件事。」

將想要做的事情說出口。

「你不是說艾蜜莉的事情不需要擔心嗎？」

「是啊，但我還是要插手。」

「你要帶走女人，把婚事破壞掉——自己代替他跟艾蜜莉結婚嗎？像其他哪部作品的主角一樣？」

「我是要跟紗霧結婚喔。」

「那樣為所欲為之後，卻不負起責任嗎？」

「哪有什麼責任存在。妖精她啊，如果自己不想要的話，不管是訂婚還是結婚都絕對不幹；想要的話，不管別人說什麼，都絕對要跟自己看上的男人結婚，對吧？」

「你知道自己在講些什麼嗎？」

「不知道啦。從剛才開始就很火大又很煩，完全冷靜不下來。」

不過，想要做的事情倒是很明確。

「我要去對妖精還有妖精的母親把想講的話都講一講，幫個忙吧。」

說出我的要求後，愛爾咪傻眼地嘆了口氣。

「你的眼神很凶耶。到底想去講些什麼話呢？」

「誰知道，我之後會再把思緒整理一下。」

「真是的……」

愛爾咪搔搔臉頰，語帶猶豫地說：

「說起來啊，你好像深信艾蜜莉絕對會照自己的想法來行事。但是艾蜜莉得堅持己見說服的對象，也是個跟艾蜜莉很相像的人，這點可別忘記喲。老子我認為要讓那個人改變意見是相當困難的事情。」

「是嗎……那——」

腦袋稍微冷靜下來了。

「那傢伙現在……可能很不安呢。」

「嗯……」

紗霧像是在表達贊同般低下頭來。

「我……不想要讓小妖精離開。我想要幫忙，讓她可以留在日本。如果有我可以辦到的事情，不管什麼事我都想去做。」

「艾蜜莉對妳來說，不是個情敵嗎？」

「嗯，雖然是那樣沒錯……但是……」

「但是？」

「但我們是朋友。」

就是說啊。

現在「紗霧就在這裡」這件事，就代表了一切。

對和泉紗霧而言，山田妖精是絕對不能失去的摯友。

對我來說，想必也是一樣。

「……你們的心情老子我都懂喔。」

愛爾咪看似放心地笑著。

「我也是——想要做些什麼。只要能幫上艾蜜莉一點點的忙，老子我什麼都打算去做。讓征宗跟夫人見面這件事，對艾蜜莉來說是不是有幫助……這點雖然還不清楚……但似乎也沒有其他能做的事情了。」

「是啊。」

「嗯。」

方針決定了，接下來要想出具體的方法。

葛蘭杰母女現在人在哪邊？要怎麼樣才能見到她們，讓她們聽我們說話？

「愛爾咪，該怎麼做才好？」

「老子我已經聯絡上比我們『更接近當事人的人』了，想必事情會進行得很順利吧。」

愛爾咪把手機拿給我們看，然後把視線移往窗外。

就像要回應這個動作一樣，外頭傳來車子的引擎聲。

＊

本小姐是山田妖精！目前在車子的後座被迫咬住口塞，還被戴上眼罩，可說是徹底地被拘束起來了！

犯人是母親大人——正確來說是她的手下——這會不會太過分啦！

就算說本小姐已經很習慣這種拘束狀態了！

但是被強硬地帶走，怎麼說也不可能感到愉快吧！

「唔咕——！唔嗚唔咕！唔嗚——！」

本小姐的大喊變為難堪的聲音。

本小姐猛烈扭動身體，在座位上摩擦臉，總算是讓蒙眼的布條鬆開了。

透過後照鏡，可以看見母親大人的身影。那是被本小姐當成目標的美貌。

明明許久不見，又處於這種狀況，內心卻還是充滿溫暖的情感。

——母親大人也真是的，還是老樣子呢。

她從以前開始，就會親自駕駛各式各樣的交通工具。

載著因為致命性的笨拙而無法駕駛任何交通工具的父親大人以及年幼的本小姐前往各個地方。

好帥。真喜歡她握著方向盤時的側臉。

取得駕照後，本小姐就來買輛車，然後邀請朋友們去兜風吧——買艘船由自己駕駛，讓征宗他們來搭乘感覺也不錯呢——不對啦！

現在不是想這些事的時候！

妳要對自己身處的狀況有所自覺啊，山田妖精！

「唔嗚！」

本小姐瞪著母親大人。

感覺我們透過後照鏡四目相望了。

「我在開車的時候，請妳乖乖坐好。從以前就是這麼教妳的吧？」

彷彿在施以威嚇的聲音果然很帥氣。這是從孩提時期開始，本小姐就不知道模仿過多少次的講話方式。

「…………」

本小姐乖乖服從。基本上，本小姐是個很聽從父母吩咐的孩子。

討厭的事情很討厭，但是除此之外的事情，本小姐都想盡量照著吩咐去做。

因為本小姐最喜歡他們了。他們是本小姐的家人，這是理所當然的事情。

「艾蜜莉，妳似乎很不服氣，有那麼不想跟我回去嗎？」

由於沒辦法發出聲音，我點點頭。

「是嗎？但還是要帶妳回去，因為我已經這麼決定了。」

這個！就是這個！老是這個樣子啦！本小姐打從內心深處敬愛著母親大人，也把她當成女性的理想範本來學習。

可是！她這種強硬又不聽人說話的地方。

真～的——讓人很火大呢！

無論怎麼說，母親大人都是「為了讓本小姐獲得幸福」才做出這次的蠻橫行為。

她是真的認為這樣可以讓本小姐獲得幸福。

——這真是讓人難以置信。

母親大人絕對不是愚笨之人，畢竟跟本小姐有血緣相連，所以這也是理所當然的。

不如說，她很聰明，觀察力也很強，在生意場合上甚至還能像超能力者般看穿對方的思考。

即使是在家庭之中，當本小姐想要在學習技藝上偷懶時，她也會看穿本小姐的想法給予斥責

——這樣的情況發生過好幾次。本小姐現在明明像這樣被塞住嘴巴，但對話卻也可以很正常地成立。

可是只要講到「本小姐的將來」——她的視野就會變得很狹隘。

並且認定「自己的所作所為絕對是正確的」。

平常明明是個思考更加靈活的人。

是因為這是關於「愛女」的事情？還是因為是「父親大人留下的最後的遺願」？

該說是多管閒事，還是其他什麼呢……

對，母親大人就是那種「我覺得這樣很好」，然後就會給人添麻煩的類型。

真的很困擾。

應該說，這一直都超級困擾啊！因為母親大人她超級自我中心，說要做的話就一定會去做……照這樣下去，本小姐就要被帶回老家了。

然後，接下來幾天就得去跟未婚夫們見面——大概是這樣？

當然本小姐根本沒有打算跟那些傢伙們訂婚。讓本小姐來處理的話，總有一天，我會將這件事解決，然後回到日本。

但總有一天才解決是不行的——

本小姐得立刻回去。回去後，必須將冬COMI的原稿完成才行——

「祕策」也還在進行中。好不容易這麼順利……其實也不知道到底算不算順利啦，但既然都進行下去了，到了這時候才全部白費掉可不是開玩笑的。

非得說服母親大人不可。

等下車以後，不管怎樣都會幫本小姐鬆綁才對。

即使沒辦法逃跑，也可以對話。

「————」

到時候，就是最後的機會——

*

我——和泉正宗，現在正搭車朝都心移動。

由於一些緣故，我沒什麼精神方面的餘裕，實在不是可以負責發言的狀態。

不過能說多少就算多少吧。

我坐在副駕駛座，像是在撰寫輕小說的最高潮場景一樣集中著精神。

開車的人是妖精的哥哥——克里斯先生。

他是位宛如妖精的金髮美青年。

「看來是把你們捲進我們家的問題裡了，真是抱歉。」

「不，怎麼會。不如說，你肯聽我的任性要求，真的非常感謝。」

想要跟妖精的母親交談。

這個要求，他很乾脆地就答應了。

他說會安排好談話的流程，然後把我們帶到妖精身邊去。

「我打電話跟『艾蜜莉的母親』談過了。」

駕駛著高級車的克里斯先生這麼稱呼身為自己母親的人。

記得這個人——雖然是長男，卻離家出走了。

妖精是這麼說的。

……好像有什麼很複雜的內情，這就是所謂的家庭問題吧？

「我也不知道那個人來日本了，所以來不及應對。我先把話說清楚——身為艾蜜莉的哥哥，我並不打算讓妹妹回國。」

講完關心妹妹的話後，他呵呵一聲，露出陰沉的笑容。

「而且……身為山田妖精老師的責任編輯，要讓她辭去工作是絕對免談。《爆炎的暗黑妖

精》的截稿日也快到了。」

「你這麼說我就放心了。」

尤其是最後一句話。

為了讓負責的作家趕上截稿日，他會用盡各式各樣的手段，這點我非常清楚。

這個人會毫不在意地把作家綁起來，或者監禁起來，即使是親生妹妹也一樣。

「只不過，我講的話那個人絕對聽不進去。說來丟臉，我們的關係並沒有那麼好。」

「是……這樣啊。」

畢竟也不能問得太深入，我只能這麼回答。

「征宗，克里斯大哥他啊，還在叛逆期喔。」

愛爾咪從後座把身體探出來，對我這麼說。

「就是有點不合常規的戀母情結啦。」

「愛爾咪老師，可以請妳別講些多餘的事嗎？」

「現在可不是在工作中吧？就跟以前一樣……叫老子我亞美莉亞啊？」

「…………………」

？奇怪……這段對話……

雖然有種怪怪的感覺，但我還是保持沉默。

「喂，征宗，怎麼不像平常那樣吐嘈啊？老子我還很期待你講些『喂喂！你們剛才那種好像正在交往的對話是怎麼樣啊！』這樣的話耶？」

「我沒有那種餘裕。」

「你的心情是可以體會啦！但是被這樣無視感覺很難為情耶！而且對話停在剛才那句話的話，不就好像是老子我對克里斯大哥有意思一樣嗎！」

「亞美莉亞，這種蠢話之後再來講。」

被克里斯先生從駕駛座用這句話斬斷對話後，愛爾咪發出「好啦～」的不滿聲音。

我很少能看見這兩個人交談的場面……

喔喔…………私底下原來是這種感覺啊。

這跟兄妹是不同的關係。

『從以前就認識的，妹妹的親密好友。』

『深愛的親友的哥哥。』

這是種微妙的距離感。如果是平常的我，說不定就會職業病發作，開始進行深入考察。

「回到正題上。」

克里斯先生踩下油門並這麼說。

車子在首都高速公路上奔馳著。

這是開會開到錯過末班電車時，搭計程車的回程會經過的道路。

「這件事我已經安排好了，應該可以讓你們跟那個人見面。不如說……」

「不如說？」

「沒事……關於那個人，我的預測也不可靠……見面之後，你們想聊什麼都無所謂，不管聊到最後聊出了什麼結果，妹妹都會由我帶回去。」

妹妹會由他「自己」帶回去——他這麼明確地說著。

帶我們一起過去不過是順便。

「我也不是不看好你們的幫助。在日本的親朋好友們——也就是你們的存在，說不定可以幫忙說服那個人，我有這樣的盤算。只不過，不用太勉強自己。這本來就是我跟妹妹必須解決的問題，你們願意幫忙讓我很高興。」

克里斯先生以那低沉的美聲緩和了現場的氣氛。

……但也感覺他對我們並沒有抱太大的期待。

「她是個不通情理的人，可能得要溝通很久。最糟的狀況下，大概得回老家去花上好幾個月來說服她吧。」

「喂喂，克里斯大哥，那樣子的話……」

「就不得不考慮讓新刊延期了。然後……很抱歉，到時候你們參加冬COMI的這件事也得暫緩了。」

「————」

我忍住這股打擊，轉頭朝向後座。

為了讓車內所有人都聽見，我放大音量說：

「只要今天把妖精帶回去就沒事了。」

我一定要做到這件事。

*

本小姐——山田妖精這個被邪惡的~~母親大人~~魔女給帶走，世界上最可愛又最美麗而且才華洋溢的悲哀公主，現在正被軟禁在大飯店的高級套房裡頭。

沒錯，軟禁。

呵呵，真是個有非日常感的美妙單字呢。本小姐一直想說，哪天有機會的話，就要用在形容自己的狀況上。真不愧是本小姐，又實現了一個夢想。

正如字面所述，本小姐現在無法離開房間。因為穿著黑衣的女性們直挺挺地站著，在監視本小姐。不過，本小姐沒有被拘束起來。

沒有眼罩、口塞，連繩子也沒有。

本小姐把身體靠在雖然差了本小姐的私人物品一截還是依舊高級的沙發上，跟母親大人對峙著。

真的已經好久沒有像這樣從正面看著母親大人了。

金色的捲髮有如獅子般閃爍著光輝。

不能感到害怕。怎麼可以在開戰前就認輸呢。

畢竟本小姐是繼承了她的血統的淑女嘛。

努力保持優雅地開口吧。

「那麼，母親大人。」

本小姐用柳橙汁潤潤喉，進入正題。

「我們開始交涉吧。」

「要交涉飛機的起飛時間？還是說，要談談關於晚餐的菜單呢？」

呵呵，母親大人露出豔麗的笑容。

這當然只是在捉弄本小姐——真是的，性格有夠惡劣。

本小姐也要從容不迫地講回去。

「是交涉本小姐的將來喔。」

「是打算重來一次妳離開家裡時跟我發生過的爭論嗎？」

「說不定會那樣呢。」

「看來會是段毫無意義的時間呢。」

看來她是不打算答應本小姐的要求了。

「這就很難說喔，不試著聽聽看可不會知道吧？」

「也許久沒有像這樣子見面了，母女之間閒聊一下也不壞。只不過——相同的話，我只想講一次。」

「？」

由於無法明白這句話的意圖，本小姐疑惑地歪起頭來。

結果母親大人今天第一次展露了苦悶的表情。

「我跟『妳的哥哥』談過了。」

母親大人是這樣稱呼親生兒子的。

「？啊，對喔。是亞美莉亞。」

本小姐在腦海裡描繪出自己被帶走後的來龍去脈，把結論說出口。

「克里斯要來這邊吧？既然是這樣的話，重要的事情還是等兄妹都到齊後再來講吧。」

「為什麼不把妳這種聰明才智發揮到學業上頭呢？」

「嘿嘿嘿，這也沒辦法嘛。雖然這樣說很對不起老師們，但他們都教得太無聊了。」

「…………唉……他應該馬上就會到了——跟妳的『朋友』一起過來。」

「征宗也要過來嗎！」

從母親大人的語氣這麼猜測後，本小姐把手撐在眼前的桌子上，探出身體。

這下想必連心情都傳達出去了吧。

不過沒關係！

因為這不是很讓人開心嗎？這不正是超——級美好的發展嗎？

這簡直就像是童話一樣！公主與王子殿下！不對，不如說——

打破無法結為連理的命運，是最為主流的劇情！

看著眼睛閃閃發光的本小姐，母親大人看似困擾地說：

「妳就那麼——喜歡他嗎？」

「嗯！」

真心話衝口而出。

本小姐從很久以前開始，就想要對最喜歡的母親大人炫耀關於他的事情了。

簡單來說，只要可以藉此讓母親大人承認他比那些候補未婚夫還要優秀，那就是本小姐的勝利。只要告訴母親大人他那為數眾多的優點就好了。

這樣剛剛好！因為本小姐本來就想這麼做嘛！

而且是非常想要這麼做！

「母親大人，請您仔細聽好了！本小姐喜歡的人——」

來！用盡全力述說吧！

接下來，到底過了多久的時間呢？

「然後啊，請您看看這張照片！這個時候，征宗他正在對本小姐低聲述說愛的話語呢！」

本小姐整個人靠過去，講到忘我時，母親大人抓住本小姐的臉，然後推開。

「嗚咕。」

本小姐發出完全不像少女的聲音——您怎麼可以做出這種事啊？

當本小姐狠狠瞪著對方，母親大人毫不介意地冷靜說道：

「雖然很想一直聽妳講下去，不過看來是到了呢。」

「征宗他來了嗎！為了本小姐而來！」

「是的——雖然不清楚是不是為了妳就是。」

母親大人對站在入口附近的黑衣部下使了個眼色。

「讓他們進來。」

黑衣部下默默地前往玄關。

本小姐呆然看著這個情景的同時——

「呵呵……呵……」

本小姐在腦海裡描繪出接下來的發展。

「呵呵…………」

嘴角放鬆，嘻笑了出來。

心愛的本小姐被魔女奪走時，征宗在玄關大門關上前對本小姐伸出手來——

就像個無法好好保護公主的王子殿下一樣！

他一定是從亞美莉亞跟克里斯那裡聽來了詳細的情況。

征宗應該會很焦急，會覺得最心愛的本小姐說不定要就此跟他分隔兩地了！

不……稍等一下。這很難說喔。

那傢伙對於山田妖精好像有著相當高的評價……所以意外的，搞不好完全沒有在擔心。

——如果是我心愛的山田妖精，想必會自己把問題解決才對——

——不需要擔心，那傢伙絕對會回來的——

感覺會講出這類的話。

像這樣的信賴雖然讓人很高興，實際上也的確是如此，但對少女來說，感覺稍微不太對呢。

真希望他再擔心本小姐一點呢。

希望他對這場ＮＴＲ（註：此指心愛之人被奪走）危機感到驚慌害怕。

那傢伙在這方面又是怎麼想的呢……聽到本小姐要被迫跟不喜歡的對象結婚時，他會感到生氣或是覺得焦急嗎？

本小姐的嘴角不安地抽動著。

這時。

「妖精！」

是征宗的聲音！本小姐猛力抬起頭來，將他的身影收入眼中。

他踏著沉重的腳步，從打開的門口走來——

啊，讚耶。他在為本小姐生氣。

纏繞在內心的濃霧瞬間煙消霧散。

啊啊……！果然！你果然是在擔心著本小姐呢！

聽完事情經過後深感焦急，為了拯救本小姐，為了從魔女手中奪回心愛的少女。

特地從東京郊外來到市中心——

「妖精！妳在嗎！」

「征宗！本小姐在這邊！」

本小姐用充滿喜悅的聲音呼喚他的名字。

呼哈！這不是還滿猛的嗎！

今天的你看起來有點像是帥氣的王子殿下喲！

討厭啦，臉頰變得熱呼呼的……！

本小姐把手抵在胸口，感到心臟劇烈跳動。

他又一次……

「妖精！」

這麼呼喚我的名字，然後從母親大人面前飛奔而過，英姿颯爽地衝到公主身邊——

「妳喔！這樣子冬COMI要怎麼辦啦！」

「啥啊啊啊啊啊啊啊啊啊啊啊啊啊啊啊！」

本小姐反射性地大喊。

這傢伙……這傢伙……！

「白痴征宗喔喔喔喔！看到本小姐的臉，開口第一句話就講這個嗎！」

「那是當然的吧，竟然這樣給人添麻煩！要回國還是要訂婚，那都是妳家的事情吧！要走也把原稿寫完再走啦！」

「那有人這樣的啦！」

眼淚都流下來了，本小姐只能懊悔地踩地板洩憤。

「糟透了！真是糟透了啦！你喔……身為王子殿下竟然還講出最糟糕的話來！」

「誰是王子殿下啊，妳這蠢蛋！我可是在生氣耶！好了啦，快去寫原稿！不只是冬COMI要用的，還有《暗黑妖精》也是！大家都在等妳的新刊啊！現在可不是逃亡到國外的時候吧！妳給我做好覺悟！我絕對會把妳帶回去的！」

「啊啊啊啊啊啊啊真受不了！身為宅宅或是創作者的這種極度正確的意見還真是——謝謝你啦！你給我在那邊坐下！本小姐要制裁你這玩弄少女純情的重罪！」

我們彼此都咬牙切齒，暴露出所有情感，額頭與額頭緊緊貼著——怒罵著對方。

「啊啊！」

「怎樣啦！」

本小姐已經顧不得現在是在母親面前等等的眼下狀況了。

我們全力互罵，徹底大吵。

除了我們以外的所有人都看呆了。

只有母親大人皺著眉頭，看著我們兩人。

謾罵了上百句後，在終於產生了一瞬間的停頓時——

「你就是和泉正宗吧。」

*

我——和泉正宗，正和妖精的母親對峙著。

「你就是和泉正宗吧。」

這句話的音量並不大，可是我們立刻停止了吵架，轉變為聽她——聽妖精的母親講話的狀態。

「現在由我來發言」——那是包含了這種強烈意志的聲音。

「初次見面，我是艾蜜莉的母親。」

當然，這可不是初次見面。

妖精被帶走的時候，我們的視線確實對上了。而且按照愛爾咪所說，這個人應該是知道我的存在才來到日本的。

她不報上姓名，也沒對在妖精家發生的騷動道歉。

這種「不悅感」恐怕是刻意營造出來的吧。

她對於自己的舉動會給予對方什麼樣的印象，恐怕是瞭若指掌吧。

而且還能藉此向對方做出一定程度的控制。

擁有這種技能的大人——這種社會人士，我也有見過，也已經能隱約察覺自己被擺了一道。

不過，也就只是這樣而已。要判斷對方的意圖使其失敗，或是從誘導中逃離……我不覺得自己可以辦到那些事。對高中生抱持著擁有那種對人能力的期待會讓我很困擾。

至少，我得保持自己的步調來交談。

「初次見面您好，我是和泉正宗，是山田妖精老師的後輩，我跟妹妹都受到她許多照顧。」

我緩緩地自我介紹，結果她……

「和泉正宗。」

再次呼喊我的名字，然後毫不猶豫地走過來。我才在想她是要講些什麼……

「請你跟我女兒分手。」

「…………………啥？」

由於這句話太過出乎預料，讓我目瞪口呆。

我往妖精本人那邊看去，她露出像在說「糟了」的表情把臉別開。

「…………………」

咦咦……這是怎麼回事……

無法統整思考。我重新面向妖精的母親，用僵硬的語氣說出真實情況：

「那個，我們……沒在交往啊。」

「哼嗯，這樣啊。」

呵呵，她壞心地笑著。這動作跟表情都跟妖精十分相像。

她用像在說「我就知道他會這麼說」的態度看著女兒。

「我說，艾蜜莉呀，他難道不是『跟妳定下終身的心愛男朋友』嗎？」

「呼哇！」

宛如瞬熱式熱水器一樣，妖精滿臉通紅。

「等、等等，母──母親大人！」

妖精無比慌張地揮動雙手。我感到困惑，於是詢問提起這個話題的人：

「這是在講什麼啊？」

於是妖精的母親抿嘴竊笑，同時把智慧型手機遞給我。

這個機種記得是──

「啊！那、那個──那不是本小姐的手機嗎！是什麼時候！」

「是妳拿給我的喲，而且還興高采烈地。」

「呃唔唔——」

妖精咬牙切齒。看來這台手機是妖精自己交給母親的樣子。

然後呢？把這個拿給我看的理由是什麼？

我往手機的畫面看去，映在上頭的是我家的客廳。

是由妖精所拍攝，跟和泉正宗兩個人的自拍照片。

照片上有著超開心地比出ＹＡ的妖精。

另一方面，照片上的我完全沒有注意到自己被拍了，露出一臉蠢樣，看來是在寫小說。

這種也算是所謂的偷拍照片吧？

這張照片上附有用英文寫的這種標題——

『本小姐在日本交到男朋友啦！』

「…………………」

我默默看著犯人——妖精。

結果她把臉轉向別處，還很刻意地吹起口哨來。

我把視線轉回手機上，用手指滑動畫面後，就出現了新的照片。

「噗！」

我嗆到了。

這、這位母親！怎麼讓人看這種東西！

讓我產生強烈動搖的，是在水晶宮殿裡那座鋼琴前拍攝的照片，然後——不行！我實在寫不出來！

就只說標題了！

『全裸被他看見了啦！這樣只能讓他負起責任了！』

妳喔……竟然把這個傳給母親看喔！

這傢伙～～！母女都一個樣，到底在想些什麼啦！

再說——

「那是意外吧！」

「可、可可可、可是你看見了吧！」

「只有稍微瞄到而已啊！」

可惡，我有股非常不好的預感！

即使遭遇這種狀況，我還是非得打開下一張照片不可。

畢竟我不知道她到底都拍了些什麼。

唰、唰，我接連看著照片。

『在飯田橋的咖啡廳約會中～♪』

『兩個人一起單獨去旅行了。』

『一起泡了溫泉喔♥』

出現啦出現啦！各種把我捏造成男朋友的情節！

雖然很想一一否定，但這樣子沒完沒了啊！

「妳這不都是在唬爛嗎！」

「才、才有沒唬爛呢！只是稍微加油添醋而已吧！」

加到滿出來了啦，妳這蠢蛋！這張全裸照片甚至還不是事發當天拍的吧！

我當場苦悶得抱頭。

「唉……饒了我吧。這樣妳的母親當然會要妳快跟這種好色的男朋友『分手』嘛。」

對——我是這麼「認為」的。

妖精的母親用像是在觀察的眼神注視著我們吵鬧爭論的模樣。突然跑過來開始跟女兒吵架的失禮小鬼——對於我，她應該是這麼想的吧。

至少應該沒什麼好感才對，雖然從表情上完全無法看出來。

她用優雅的動作詢問：

「實際上，真相又是如何呢？」

在我回答之前，有個人加入了對話。

他是跟我一起進入房間，至今還沒講過半句話的人物。

是克里斯先生，他散發出有如妖精（高等妖精）王族般的氛圍。

他不帶多餘的情感，淡淡地陳述真相。

「跟他單獨兩人一起去泡溫泉的人不是艾蜜莉——是我。」

「咦咦！難、難道說——」

妖精媽媽用滿臉驚愕的表情看著我。

「不是那樣！」

還想說第一次看到她展露了情感，但這位寡婦肯定是產生了什麼天大的誤會吧！

克里斯大哥也是，這種事情哪能一本正經地講啊！

我在內心全力連發吐嘈後，順勢這麼開口說：

「我沒有和他們的誰交往，而且也有其他喜歡的人了！」

妖精的母親聽到這句吶喊後，不知為何——

露出愉快的模樣，深深地點了頭。

我放聲大喊後，沉默維持了一陣子。妖精的母親……輪流緊盯著我跟妖精看，同時好像在思考些什麼事情。

總覺得不可以隨便亂動，也似乎不可以去妨礙她，於是我站在原地不動。

我來到這裡後，還沒有跟妖精的母親講過幾句正經話。

可是她卻以好像已經理解了甚多的口吻說：

「我理解得很清楚了。」

接著她說了「和泉正宗」，用全名叫我。

「請你跟我進行面談吧。」

「面談……嗎？」

我帶著些許的困惑，有如鸚鵡般回應。可以只有「些許」困惑，是因為腦袋裡頭已經有著她是妖精的母親這項情報存在了。

她跟女兒一樣，觀察力都太過驚人，可以省略掉許多原本應該需要的對話。

這麼一想就可以接受了。只不過，她並不是妖精本人，而是今天才剛認識的陌生人。

有必要進行確認。

「那個，我……」

「你說自己是來把艾蜜莉帶回去的吧？跟艾蜜莉在日本變得親近，然後住在隔壁的同行後輩——和泉正宗。」

「……是。」

我都知道了，不用特地說明也沒關係——她這麼對我說。

這言外之意真是相當好懂。

「既然如此，你應該會想要有可以跟我直接對話的機會呢。我也很想跟你聊聊。我對你——很有興趣。」

她……在我至今遇過的女性之中，是最具有魅力的人。

明明比我年長許多，怎麼樣都不可能成為戀愛的對象，卻讓我心跳加速，無法跟她對上眼神。

「征宗，你等一下！幹嘛把本小姐放一邊，在那邊對母親大人臉紅心跳啊！」

「我、我才沒有臉紅心跳！」

「本小姐再過幾年就會變成那樣的感覺了啦！你就稍微再等一下嘛！」

「笨蛋，妳在講些什麼鬼話啦……！」

咳咳！我乾咳幾聲矇混過去，讓事情回到正題上，然後重新注視著妖精的母親。

「我也想跟妳談談。」

「決定好了呢。」

她以手勢催促我坐下，於是我在她對面的沙發緩緩坐下。

有股奇妙的緊張感。將來說不定會遇到的就職最終面試裡，想必也不會有如此緊繃的心情。

妖精也在我身旁坐下。由於是面談，所以我原本以為會是一對一的對話，但這傢伙似乎也要一起，而母親並沒有責備女兒的行為。

代表這原本就在她預料之中吧。

我和妖精並肩坐著，與她的母親對峙。

組成隊伍，迎戰大魔王——我的腦海裡掠過這樣的聯想。

由對方先攻。

「那麼，和泉正宗，我想要了解你。」

「關於我的事情，妳應該已經調查完畢了才是。」

我從剛才就覺得，她日文講得超流利耶。

雖然妖精也是這樣，簡直就像在講母語一樣。

「是啊。不過，有些事情不當面說是不會明白的。」

「例如說？」

「例如說，你會怎麼回答我的問題呢？你啊——」

她露出跟女兒極為相像的嬌豔笑容。

「有了喜歡的異性時，是會自己主動接近的類型呢？還是說，是會等待對方接近的類型？」

「我是自己會積極去接近的類型。」

「哼～這樣啊，講得真乾脆呢。不愧是年紀輕輕就有未婚妻的人。」

「……謝謝。」

真的很像在閒聊。

這跟我想談的妖精家的家庭問題，感覺好像沒有任何關係。

再說，這個人到底調查了多少關於我的情報啊？

至少妖精加油添醋的那些愛情故事，似乎是全部都看穿了。

她再次提出問題。

「你認為戀愛無論何時都該保持專情嗎？例如說跟配偶死別之後，找到新的對象又再婚，你覺得這是正確的嗎？」

「我認為這因人而異，也不覺得那就是件壞事。」

我腦海裡浮現老爸跟媽媽的面孔，然後這麼說道。

「那你呢？」

「我想我不會再婚。」

我想著紗霧的臉，這麼說道。

「即使喜歡的人不在了，我也會永遠喜歡著她，無法去尋找新的對象。」

「反過來說，如果你先過世的話呢？對於留下來的妻子再婚這件事，你又有什麼想法？」

「如果是真的喜歡那個人，而且可以幸福的話，那我認為是件好事。」

「自己喜歡的人，跟不是自己的人結婚這件事，你能夠容許嗎？」

「可以。如果自己喜歡的人可以幸福的話，其他事情都無所謂。」

「這是關於你自己的事情，卻還都無所謂嗎？」

「跟喜歡的人的幸福比起來，是那樣沒錯。」

「你回答得還真是毫不遲疑呢。」

「喔……謝謝。」

因為我只覺得是在閒聊嘛，而且都是些根本不需要猶豫的事情。

「話說回來——對你來說，人類以外的存在可以成為戀愛對象嗎？」

「……什麼？」

？？？

由於跑出了這種「大概不會在現實世界裡聽見的問題」，我感到困惑。

「所謂的人類以外是指？」

「說得也是……例如說……像是龍之類的。」

「龍是指那種龍嗎？」

不是類似龍人的怪獸少女之類的？

「沒錯，就是會噴火的大型蜥蜴。不會變化成人類，終究只是種爬蟲類。」

這段對話是怎麼回事？突然變得好像是宅宅群的酒會的感覺耶。

這就像是——在討論蜘蛛女(Arachne)或是蛇女(Lamia)能不能當成交往對象似的。

順帶一提，席德他強烈主張說「這當然可以啊！」喔。

我嗎？臉是紗霧的話那就可以。

然後對於這次的提問——

「我已經有喜歡的人了，所以不管是人類還是人類以外的種族，都不會成為戀愛對象。」

我這麼回答。

「這樣啊。」

妖精的母親看起來超開心的。

是怎樣？這樣很可怕耶。

「那麼，再加上『不限定在你身上』這個條件，形體完全不同的異種族之間的戀愛，你覺得有可能成立嗎？」

「我認為有可能。」

只要是輕小說作家，只要是個宅宅，當然都會這麼回答吧。

「會喜歡上巨大蜥蜴嗎？」

「如果對方有智慧，而且可以溝通的話，那也會有發展成戀愛的情況吧？應該也有男性會覺得龍族的女性很美麗。不管對方是龍、外星人還是外國人都一樣，我想這和日本人之間的戀愛沒有什麼差別。」

「就是說啊。」

我獲得頗為強烈的同意。

有句話很適合形容她現在這個模樣。

就是女性宅宅們經常使用的那句。

深感認同。

「和泉正宗，你的戀愛觀，我非常感同身受。」

「是、是這樣嗎？」

剛才講的話，到底是哪邊打動了她的心弦？

妖精的母親把手抵在胸口，閉上眼睛。

「沒錯。『被男性無比專情地深愛著』才算是幸福的戀愛。」

「只是因為那是母親大人唯一知道的戀愛經驗而已吧。」

「嗯咳！咳咳！」

女兒的吐嘈被妖精媽媽用咳嗽打斷。

臉頰會變紅，是因為被說中了的關係吧。

「艾蜜莉，請妳閉上嘴巴。」

「請您不要矇混過去。因為母親大人只是因為自己過得很幸福，才想讓本小姐談場一模一樣的戀愛而已，這種行為只是強迫啦。」

「別讓我講那麼多次，現在正在面談喔。」

她把目光從女兒身上移開。

「那麼，讓我們繼續吧——和泉正宗。」

「是、是的。」

「從你看來，覺得艾蜜莉如何呢？」

「等等——母親大人！」

妖精慌忙想打斷對話。

我端正姿勢，謹慎挑選話語。

因為跟剛才那些意義不明的閒聊相比，這個才是直接關係到「說服」的問題。

「山田妖精老師對我而言，是我作為目標的前輩，同時也是恩人。我們目前當成目標的夢想，她也已經實現了——」

無數回憶在腦海中湧現。

最新的回憶，當然就是大家一起製作同人誌這件事了。

「我獲得了許多非常有用的建議。她的作品和處世之道，總是為我……帶來極大的刺激與幹勁。」

「征、征宗，不用突然……那麼認真回答也沒關係……」

妖精慌張得暈頭轉向。

「這是真心話。」

「是、是嗎……嗯，這也是當然的啦！本小姐早就知道了！你超級尊敬本小姐這件事！」

逞強發出的聲音不斷顫抖著。

這傢伙明明超有自信，為什麼要這麼害臊啊？

這樣連我都變得難為情起來了啦……！

「感謝你這段貴重的感想。不過呢，和泉正宗，我想問的，是『你對於身為女性的艾蜜莉有什麼想法？』這種意思喔。」

「身、身為女性的……是嗎？」

「嗯嗯，沒錯。請你回答。」

她露出嫣然的微笑。

我感到喉嚨一陣乾渴，於是嚥下口水，老實地回答：

「我覺得……她是個很可愛的人。」

跟這極為類似的交談，在海邊集訓時好像也講過。

但有一點跟當時有著決定性的不同——

本人就坐在我旁邊，竟然還叫我講這些！

我斜眼往旁邊瞄去，只見妖精似乎忍受不住了，用雙手把臉整個遮起來。

可是妖精的母親卻進一步發動攻勢。

「這樣啊，請你講得更具體一點。」

「像是漂亮的頭髮、臉蛋還有聲音……我覺得，全部都很棒。」

「呵呵，她可是我女兒喔。」

這我知道啦！跟猜想的一樣！這個人根本超溺愛女兒吧！

她擺出「再多說一點」的手勢，催促我講下去。

我不斷偷瞄妖精，迷惘了好幾秒，並用力閉起眼睛後——

自暴自棄地講出真心話。

「她很愛乾淨，又很會做菜，跟她在一起總是非常快樂——我認為，她將來應該會是個好太太吧。」

我——被迫在本人面前講出過去跟克里斯先生講過的相同內容，而妖精她本人用雙手摀住臉，用腳踩著地板大聲喊道：

「這種狀況到底是怎樣啦……！這樣也太痛苦了吧……！」

「那是我想說的話！」

看到我們的苦悶模樣，妖精的母親彷彿覺得刺眼般瞇起了眼睛。

「為了讓女兒能過上幸福的人生，我讓她學習了各式各樣的學問與教養。總有一天，她會以充滿魅力的姿態遇到最棒的對象。」

「……本小姐很感謝喔，非常感謝。都是多虧母親大人——……妳知道吧？」

妖精少見地低聲喃喃細語。

「是啊。」

妖精的母親往我瞄了一眼。

「不過……」

「幹嘛？」

「和泉正宗——可以把你的職業跟年收入告訴我嗎？」

她無視女兒的話，向我問起應該早就知道的事情。

「我是學生兼輕小說作家。去年的年收入，大約是八百八十萬圓左右。」

「升學跟就業的預定呢？」

「我有報考都內的大學，畢業後也打算繼續從事作家這個行業，不過之後看大學二年級的狀況，會再重新考慮。」

「照你這個說法，也有放棄作家這行業，改為去就職的可能性嗎？」

「有的。」

「咦！為什麼啊！」

妖精用像在責備的語氣問道。

「因為收入不穩定啊。決定要動畫化，大力地宣傳，然後動畫實際開始播放——今年開始到明年的年收入應該會提升吧？不過，這不知道能維持到什麼時候。」

對我來說，輕小說作家這份工作是喜歡的事情，同時也是夢想。

但它並不是興趣——不只是興趣而已。

「是為了賺錢的工作。」

「這麼說來，你從一開始就這麼說過呢。」

「然後我們就因此吵架了吧。」

「的確是吵過。」

「所以，如果可以獲得更加安定的工作，那麼轉職當然也是有可能的事情。」

我對妖精的母親如此回答。

「比起自己想做的事情或是夢想，你有著更重要的事物……是這樣嗎？」

「是的。」

於是我開口說：

「我要跟喜歡的人結婚，幸福地生活下去。」

我笑著這麼回答。

結果她也笑著說：

「可以這樣談談真是太好了。你是個什麼樣的人，我已經非常明白了。整體狀況也已經非常清楚了。」

我想應該不會產生任何誤解，她這麼說。

她就像在對答案般，接受我的每個回答，點了好幾次頭。

「艾蜜莉。」

然後呼喚女兒。

「這個男人妳就放棄吧。」

「為什麼會做出這種結論啊！」

被斬斷希望的妖精咬牙切齒地反抗。

「母親大人，您不是已經認同征宗了嗎！」

「我認為他是個很可靠的孩子。以這個年紀來說，甚至還有點異常。」

「對吧？」

「剛才……他走進這個房間的時候，還刻意惹妳生氣，藉此消除妳的不安呢。有發現嗎？」

「那當然！雖然這傢伙一開口就對本小姐發脾氣——但這件事情的元凶不是本小姐，而是母親大人嘛。對本小姐發脾氣根本就不合理——這種笨拙的貼心很棒吧？母親大人不也這麼覺得嗎？」

「明明就很明顯，卻還想隱瞞這點，跟妳的父親一樣呢。傻傻的，都讓我笑出來了。」

這對母女開始對我的言行舉止進行分析。

有如蝴蝶球(Knuckleball)般搖晃不定的話題也逐漸逼近核心，雖然這可能是很重要的局面沒錯——

但這是何等的恥辱，我只能緊咬嘴唇忍耐。

「母親大人應該很喜歡像這樣的人吧？畢竟您都跟父親大人結婚了！」

「請妳不要搞錯了，那種只有長相跟家世能看的男人……我才不喜歡呢。但是那專情愛著我的心情是千真萬確的，因為實在太煩人了，我才予以同情跟他結婚而已。」

妖精的母親像是在懷念著什麼。她臉頰火紅，把頭撇過去，看起來正暗自竊喜。

那副模樣真是充滿魅力。

我不會刻意說出口，但那是有著古典優雅風格的美感(台詞)。

「呵呵……跟那個笨蛋丈夫比起來，和泉正宗似乎可以成為更棒的丈夫呢。」

「對吧對吧！」

「看著他跟妳互罵的模樣，就讓我不禁露出微笑。你們兩個很投緣，關係似乎也不錯，簡直就像夫妻吵架一樣呢，真讓人感到懷念。」

「對吧～！」

「但是，還是請妳放棄吧。他擁有跟我很相似的戀愛觀，對將來也已經有確實的規劃，並且有著自己的想法。雖然長得有點矮，但是跟妳投緣又懂得尊重妳，關係也很良好，一起生活的話應該會過得很幸福——即使如此，還是請妳放棄吧。」

「這不是讚不絕口嗎！可是為什麼會有這種結……」

「我的意思是，正因為是這種結論，才要妳放棄。」

她用否定句打斷女兒的話。

「像這樣的男人，絕對不會改變心意。」

「——唔。」

「他這輩子就只會深愛一名女性，這點我很清楚。所以才不行喔，艾蜜莉，即使是妳，即使是我自豪的女兒，也沒有勝算可言。」

現場陷入寂靜。

妖精低著頭緊咬嘴唇，沉默不語——

然後突然抬起頭來，用毅然決然的態度開口：

「本小姐明白母親大人為什麼會來到日本了。」

「哎呀……是嗎？妳說說看是為什麼。」

「是亞美莉亞的關係吧？她不是把本小姐在日本的動向全都對老家——都對母親大人進行報告了嗎？在那些報告之中，有著讓母親大人決定來到日本的內容。」

「然後呢？」

請繼續說下去。被這樣的言外之意催促，妖精開口說：

「本小姐在日本初戀了，而那位對象——訂婚了。」

即使遲鈍如我，也明白這是在講誰。

「得知這種情況的母親大人認為本小姐會輸掉，認為本小姐無法得到幸福……為了幫助深愛的女兒，於是來到日本——不是嗎？」

「……這點我並不否定。」

妖精的母親撇過頭。

這種代表YES的動作實在簡單易懂。

「艾蜜莉，我希望妳可以談場幸福的戀愛，所以才會為妳準備了那些未婚夫。」

「母親大人所準備的戀愛，真的可以讓本小姐獲得幸福嗎？說起來，那樣真的可以稱為戀愛嗎？」

「我不知道。」

妖精的母親乾脆地說。

以她這麼自我中心又高傲的人來說，這句話實在太過直率又令人意外。

「雖然我用自己的方式，試著嚴格挑選了未婚夫……但是不是配得上妳的對象，那就不清楚了。所以才會希望妳能去見個面，讓妳用自己的眼光來判斷。」

「啊，不是『現在立刻跟我選擇的這個人訂婚』那種發展嗎？」

「當然了。不管是結婚還是訂婚，對於妳的人生都是很重大的事情，必須由我跟妳慎重地花上許多時間來挑選才行——是這樣沒錯吧？」

「這樣啊，母親大人……是想要選出一位不輸給父親大人的男性啊。」

「咦？會輸給那個人的男性應該沒有幾個吧？」

「是那樣沒錯，但本小姐不是那個意思。不是指物理上的強度，或是身為男性的出色程度這類的……就是說……」

……這對母女，對過世的父親大人的評價還真慘烈。

妖精花了幾秒慎選用詞……

「也就是說，是這麼一回事？來跟母親大人一起尋找可以讓本小姐獲得幸福的對象吧。竭盡全力在『結婚活動』上頭吧。尋找結婚對象這件事，比工作更能連結上本小姐的幸福——所以現在立刻把工作辭掉，回來老家吧。首先來跟未婚夫們見個面——是這麼回事？」

妖精的母親聽了問題，立刻這麼回答：

「妳能搞懂真讓我開心。」

「抱歉喔！這種事情！會不會太白痴啊！根——本就太白痴了吧！」

妖精弄出喀噠聲，站了起來，大聲喊叫。

「本小姐可是有著用輕小說征服世界的野心耶！可沒空陪母親大人不務正業啊！」

「嗯嗯，妳的活動我全部都有好好掌握。現在在日本跟全世界，有許多人閱讀著妳撰寫的書籍，妳拿出了非常棒的成果呢——真不愧是我的女兒。」

這時可以明顯知道，她溫和地接下了妖精的怒氣。

「……幹、幹嘛啦……突然這樣。」

突然被母親誇獎的妖精，彷彿錯失了將舉起的拳頭揮下的時機，露出混雜著困惑跟害羞的表情。

妖精的母親說「我沒有其他意思」，聳了聳肩膀。

「我認同妳的作為，並且給予讚賞，妳就老實接受吧。」

「……是喔，那個……謝謝妳……本小姐很開心，真的。」

差點變得緊張的氣氛逐漸和緩。

「所以……」

妖精的母親露出溫和的微笑——

「已經夠了吧？」

現場氣氛瞬間凍結。

「我的女兒從以前開始就經常喜新厭舊。雖然不管做什麼都很出色，但是只要一覺得無聊，就再也不會去碰它——即使做得很愉快，但只要獲得較大的成果，或是練到了一個境界後——就會因此感到滿足。」

她模仿年幼的女兒——

「妳會說『啊啊，真是愉快呢。』——這樣的話。」

「……母親大人……那是……」

「認真埋頭苦練的鋼琴，最後也是那樣吧？明明不管是哪位老師都認同妳擁有出類拔萃的才能，妳自己還老是在說要成為世界第一的鋼琴家。可是某一天，妳卻說『那個已經無所謂了』然後笑著放棄了不是嗎？」

「本小姐沒有放棄，現在也有在練習——只是找到了比鋼琴更加有趣的事情而已。」

「那麼，這次肯定也會變成那樣。妳只要找到了更加有趣的事物，就會對現在的工作感到厭煩吧？畢竟是我自己的女兒，這點我很有自信。」

「別說了……」

「我覺得妳也差不多要膩了，所以才提出要找未婚夫給妳這件事……但是看來稍微有點太早了嗎？不過，我想就快了喔。妳的作品的動畫即將再次於電視上播放了吧？這個結束之後，原作小說也會完結，只要到一個段落後——」

「別說了！」

「『不會有那種事。』——熱衷於鋼琴時的妳，想必也講過相同的話呢。」

「…………………」

「就這麼跟我回去，等到到家時，說不定意外的就已經膩了喔？」

「不會……有那……」

「那麼，要試試看嗎？回到家裡，跟我選的未婚夫們見個面。在那之後，我們再來確認妳的想法。」

她以彷彿做出了讓步的行動來誘導女兒做決定。

這是打算讓妖精自己親口說出「本小姐要回家」這句話。

「這就對了，艾蜜莉。只不過是回國幾天而已，妳只要再立刻回到日本來就好了。」

「…………………」

這是為什麼呢……如果現在讓妖精離開的話，感覺就再也見不到她了。

腦海裡湧現的預感，讓我不禁打了個寒顫。

明明這種事情應該不可能發生在妖精身上。

妖精低著頭，迷惘地搖著頭。

「那——」

「不行！」

對妖精而言，那是不可能聽見的聲音。

「那種事………絕對不行！」

房門開啟，她跟愛爾咪一起走進來。她拖著搖搖晃晃的腳步，彷彿就要跌倒似的，跑到了妖精身邊。

「紗霧！」

妖精呼喊好友的名字。

「妳……妳這……妳這是…………為什麼……」

她瞪大雙眼，說不出話來。

妖精的母親也是一樣。

既然有仔細調查過女兒周圍的情況，那應該也很清楚紗霧的現況——

「……記得妳是艾蜜莉的朋友……應該是個家裡蹲……不是嗎？像這樣……離開家裡……不會有……問題嗎？」

她觀察著紗霧的情況，帶著跟京香姑姑相同的緊張感，明顯焦急了起來。

我也咬住嘴唇，忍住想要衝到妹妹身邊的衝動，用目光守護她們。

我知道，從家裡出發，和大家一起坐上後座，直到抵達這裡為止……

紗霧一直都很努力。

本來，這應該還要花上好幾個月來嘗試。

但是為了朋友，為了傳達出自己的心情——

「都是多虧了小妖精！」

她放聲大喊。

原本就極度怕生的紗霧不可能有辦法用理論說服人。

「都是多虧了小妖精，我才會在這裡！跟小妖精成為朋友之後，我真的很快樂！我……

嗚……我……」

她只能毫無條理地全力將情感宣洩而出。

「我不想要跟小妖精分開！對工作感到厭煩，或者要去訂婚什麼的，這些我都不管！」

「紗霧……」

妖精搖搖晃晃地走近大喊的好友身邊。

紗霧用雙手包覆住她的手，淚眼汪汪地說：

「一起回去吧！從今以後——也要待在我身邊！」

「嗯，是啊。」

迷惘從妖精的表情上消失。她用另一隻手，往因為耗盡全力而癱軟的紗霧頭上摸了摸，然後重新面向母親。

「母親大人！」

「什麼事啊，艾蜜莉？」

「本小姐最喜歡的母親大人——最喜歡本小姐的母親大人——簡單地說，您這是『多管閒事』喲。」

「這是指什麼呢？」

「當然是指全部啦！首先，讓本小姐講清楚——本小姐絕對不會對現在的工作感到厭煩！然後，也絕對會實現野心給您看！」

「這句話的根據是什麼？如果妳可以斷定說這次跟以前不同，那就證明給我看。」

「因為有值得信賴的搭檔（愛爾咪）、最棒的紗霧，還有一同較勁的宿敵（競爭對手）們在身邊！」

「…………」

妖精的母親像是要看透女兒般注視著她，接著依序看向癱坐在地板上的紗霧，還有跑去照顧妹妹的我。

好一陣子，她都眺望著我們。或許是被紗霧的眼淚影響，她看起來也像要哭出來似的。

妖精對這樣的母親宣言：

「所以母親大人，本小姐不會回家。」

她看向競爭對手（我），看向朋友（紗霧），看向搭檔（愛爾咪），然後再看向母親。

「本小姐要在這裡跟大家一起繼續寫下去。」

「是嗎……那就這麼辦吧。」

「……咦……可以嗎？」

「我判斷妳可以說到做到。聽了妳這番話，我理解了。『現在的工作要繼續下去』，然後『要實現自己的野心』是吧？那就讓妳試試看也不錯嘛？」

「母親大人！」

妖精的表情立刻開朗起來。

「啊啊，不過……」

「不過？」

「請妳去跟未婚夫們見個面，不用現在馬上去也沒關係。」

「為什麼啊！」

不是要皆大歡喜（Happy End）了嗎！妖精如此吵鬧著。

「我剛才也說過了，妳正在談的這場戀愛沒有勝算可言，這不會為妳帶來幸福。妳要成為更棒的女性，跟更好的男性結婚，讓他們兩人對妳刮目相看啊。」

這聽起來是句打從心底為女兒著想的話。

妳的心情我很了解，不用辭掉工作也沒關係，就這樣在日本生活也沒問題。

不過這場戀愛，請妳放棄吧——

對於母親的忠告，妖精這麼回答：

「呸～」

她用力伸出舌頭，用手指拉扯下眼瞼，嘲諷這句愚蠢的話。

「才不要。本小姐說過這全部都是多管閒事吧？不只是工作，連戀愛也一樣。母親大人您果然什麼都不懂呢。」

「……妳是指我對哪方面不懂呢？」

彷彿覺得這真是個蠢問題般，妖精露出雪白的牙齒笑了。

「就是本小姐會獲勝！這方面。」

「妳是在逞強嗎？還是說，是真的不明白才會說出這樣的話——」

「那麼——只要展示出『本小姐會贏的根據』就好了吧？」

「…………」

「只要能讓母親大人相信本小姐可以讓這場戀情開花結果，就不會再多管閒事了嗎？」

「那當然。如果真的可以辦到這件事的話，我的擔憂就全部都會變成杞人憂天了。」

雖然依舊掛著嚴厲的表情，但她的眼瞳裡逐漸出現有如孩童般，期待著自豪的女兒會開口講出什麼話來的興奮光芒。愛爾咪的眼裡，還有克里斯先生的眼中，都有著相同的光芒。

只有我跟紗霧瞬間臉色發青。

非常糟糕！有股非常糟糕的預感！

——這傢伙，到底想幹嘛——

妖精笑嘻嘻，滿足地揚起嘴角。

「呵呵呵，剛好所有人都到場了。雖然跟預定好的舞台不同，但說不定也是個好機會。」

「喂、喂喂……妖精……」

「征宗，你就在那邊好好看著本小姐吧。」

「小妖精……？」

「紗霧，妳這個家裡蹲竟然可以為了本小姐做到這種地步……真的讓本小姐很感激，差點就要哭出來。不對，是稍微哭出來了……就請妳再稍微聽本小姐講一下話吧。」

妖精這麼說道。

山田小妖精逆轉的祕策——

「來吧，現在是解答篇喲。」

山田妖精有如登上舞台的主演女演員般，站在房間的中央。

她就像要開始說出推理的名偵探一樣，朗聲道來：

「本小姐一直都在籌劃祕策，並且將其進行。正如母親大人所說，眼下的狀況，本小姐看起來似乎沒有勝算。畢竟征宗他真的超級喜歡紗霧，而且又無比專情，防守堪稱是銅牆鐵壁——不過，他就是這種地方最棒了。」

嘿嘿～妖精趁機偷誇征宗。

「說起來呀，從紗霧那邊奪走征宗的心，讓他喜歡上本小姐，進而交往然後結婚——這樣子真的可以說是本小姐的勝利嗎？本小姐可以就此獲得幸福嗎？」

這是跟她的母親一樣，從相同根源誕生而出的動機。

想要實現父親最後的願望——這種強烈的想法。

跟我和紗霧也都相同的，對過世家人的思念。

「本小姐認為，那麼一來將無法滿足本小姐的勝利條件。」

——「非得要獲得幸福才行」。

「因為本小姐最歡紗霧了。本小姐沒有去上學，她是我超級珍貴的好朋友。如果讓妳哭泣的話——那可不行吧。」

「……小妖精。」

被妖精溫柔注視著，紗霧感到困惑。

「那樣無法稱為完全勝利。這跟太天真、太溫和、太放水這類的問題無關。使用會讓紗霧哭泣的做法，無論如何都不可能攻略下這個妹控哥哥——而且即使有萬分之一，甚至京分之一的機會獲勝，本小姐也會覺得不舒服。本小姐才不做連自己都討厭的行為，因為要每天都過得很幸福嘛。」

「那麼——」

當母親試圖插話，妖精用自己的聲音將其打斷：

「放棄的話，那樣不就也輸掉了嗎？雖然在完全敗北之後重新站起來，改為摸索其他途徑——也很有本小姐的風格就是了。不過，現在要投降還太早了。」

「我完全不懂妳想要做些什麼。所以，妳打算怎麼做？要怎麼樣才能由妳獲得勝利呢？」

「要讓雙方都成為本小姐的人喔。」

沒有人對這句講得乾脆的話做出反應。

「征宗說過，紗霧的幸福就是他自己的幸福。他總是、絕對會選擇最能讓紗霧獲得幸福的選項，他就是這樣的人。」

她說得沒錯。

所以我和妖精是——

「既然如此，那這麼做就好啦。只要成為本小姐的人，紗霧就可以變得更加幸福，讓他清楚明白這一點就好。」

——這傢伙在講些什麼？

滿臉得意洋洋地在講什麼鬼話？

「『讓紗霧獲得幸福』——這就是本小姐的祕策。」

「妳……妳……」

我講不出話來，妖精的母親在這時插了話。

「『成為本小姐的人』這一點，具體來說要怎麼做？是指要讓他娶兩名女性為妻嗎？」

現在哪是這樣冷靜反問的時候啊。

妳的女兒可是在瞎扯些不得了的事情耶！

「法律上的婚姻問題怎樣都無所謂。重要的是，要讓他們兩位成為本小姐的人。不是他，而是本小姐喲，這點請不要搞錯。說得也是，具體來說就是要三個人一起生活——所有人都要過得比現在還要幸福——會採用這樣的形式吧。」

「先不論我的感想，對於這個提案，妳認為他會有什麼樣的反應呢？」

「本小姐認為，剛開始情感上會有所反彈，接下來看了紗霧的反應後會仔細思考，最後就會屈服於本小姐。」

「誰會屈服於妳啊！」

悶在我喉嚨深處的話語終於從口中飛奔而出。

「我果然還是最討厭妳了！」

「嘿嘿～最討厭跟最喜歡是很相似的喔。」

「完全不一樣！不管是工作也好，戀愛也好，過去有好幾次我都一直認為自己無法理解山田妖精的思考方式——但這次最為嚴重啦！妳講的話從頭到尾我都完全聽不懂！而且也不想懂！我喜歡的人就只有紗霧！絕對不會喜歡上其他人！這就是我的戀愛！」

「本小姐知道，所以才花費時間籌劃策略，讓彼此互相了解不是嗎？」

「什……」

「因為你『比起自己想做的事情或是夢想，還有著更重要的事物』，那就是『讓紗霧獲得幸福』這件事──為了這件事，就算辭去最喜歡的工作，為了安定的生活，為了金錢，即使要轉職，你也不會拒絕，甚至扭曲自己的主張也在所不辭，沒錯吧？」

「是啊。」

「只要成為本小姐的人，你就一輩子不會為金錢所困，能過上安定的生活喔。」

「…………」

「本小姐會全方位保護你們，同時也賭上尊嚴向你們保證，快樂又充實的每一天會永遠永遠持續下去。不管是紗霧還是你，都會比現在還要更──加幸福。」

…………

…………

「妳這種做法──」

「完全不會感到羞愧，本小姐的父親大人也是這樣從戀愛中獲得勝利的。對吧，母親大人？」

「那個人更加露骨，更加愚蠢，而且更加熱烈喔。」

我無視這對母女的對話，看向紗霧。擠出最後的力量放聲大喊後，紗霧就一直癱坐在地板上。

即使如此，妖精的愚蠢提案似乎還是讓她陷入了沉思。

紗霧以毫無餘裕的模樣，以完全不能稱為沒問題的瀕死狀態拚命調整呼吸——

她終於抬起頭來。

「唔……來這招呀。」

「等等！妳是在迷惘什麼啊！」

「因、因為……感覺好像不錯嘛……」

「我會變得不再只屬於紗霧耶！」

「……我絕對不要……那樣。」

「對吧！」

「可是…………嗚、嗚嗚……」

「紗霧！妳振作點！不要被迷惑了！」

不要讓決心動搖啊！等自己恢復到更加萬全的狀態後，再冷靜下來思考吧！

妖精的確是絕對！會讓我們獲得幸福沒錯……！

但這裡可不是異世界啊！是一夫一妻制的國家占了絕大多數的地球喔！

哪能允許這種亂七八糟的做法存在！

妖精妳太卑鄙了！竟然從紗霧開始攻略，哪有人這樣的啊！

妖精旁觀著我們兄妹的對話，擺出一本正經的表情。

「本小姐以前曾經這麼說過吧。」

——本小姐會讓你們兄妹獲得幸福的。

——所以，征宗，喜歡上本小姐吧。

「那個時候被拒絕了呢。所以，今天本小姐要改變講法。」

你們兩個，都成為本小姐的人吧。讓我們一起獲得幸福吧。

「我拒絕！」

我立刻竭盡全力如此回答，非得立刻這麼回答才行。

「是喔。那以後本小姐再問你吧——」

她轉身背對我，重新面向母親。

明明拒絕了，卻完全不覺得我有拒絕成功。

焦躁、鬱悶、興奮與緊張在我內心瘋狂激盪著。

就在這樣的我面前，葛蘭杰家的母女開始說起道別的話。

「就是這樣，母親大人，請叫那些被您選上的未婚夫們就地解散吧。」

「艾蜜莉……我也有所自覺，自己擁有的是如同年幼少女般的戀愛觀。即使從我這樣的角度看來，還是覺得妳做了奇怪的事情。」

「謝謝，您肯這樣講，讓本小姐覺得很高興。」

「艾蜜莉，我最討厭妳這種地方了。跟父親太相似，讓人很不愉快。」

「本小姐跟父親大人，都最喜歡這樣的母親大人了。」

她們把最討厭跟最喜歡以相同的意義交換。

接下來……

「對了，本小姐合格了嗎？」

「哎呀，這是指什麼呢？」

妖精以極為優美的語氣對裝傻的母親說：

「母親大人，您所擔憂的事情，本小姐有為您消除了嗎？本小姐的做法可以讓您接受嗎？」

「這很難說呢。老實說，我覺得為妳擔心這些的我真是愚蠢，不過……」

因為擔心熱衷於毫無勝算的戀情的女兒而來到日本的妖精媽媽，傻眼地嘆了口氣，並發出苦笑。

「妳似乎有機會獲勝呢。」

「嗯！」

「女兒獲得幸福就是我們的心願，為了這件事，即使要模仿丈夫那難看的行為，我也願意。」

「母親大人，您願意支持本小姐的戀情是吧？」

「也可以這麼說吧。不用客氣，儘管借助我的力量吧。只要是我能辦到的事情，我全都會為妳實現。」

獲得葛蘭杰家全面協助的妖精超得意地轉過身來。

「這樣就都解決了！好啦，各位！我們回去繼續製作同人誌吧！」

「這邊的問題什麼都沒解決啊！我最討厭妳了！絕對不會喜歡上妳的啦！」

「呵呵呵～你可以像這樣逞強到什麼時候呢！本小姐相當期待喲──和泉征宗！」

妖精伸出手指，筆直地指向我的臉。

傲慢自大的她跟初次見面時一模一樣。

不過，跟她一起留下的各種回憶，從她那邊獲得的各種心意，都讓我……

讓我──────！

「我只喜歡紗霧！絕──────對不會屈服於妳的！」

鞏固防禦的宣言化為喊叫響徹四周。

情色漫畫老師 ero manga sensei

十二月。

我們這個由山田妖精擔任負責人的社團，初次參加冬季大型活動的日子終於到來。

攤位上有我們的作品——完成的同人誌並排擺在上頭。

現在是上午。當然，這場活動已經開幕，場內非常熱鬧。

而如果說到我們作品的人氣——

「售完！售——完！」

妖精舉起雙手大聲宣言。

「真不愧是我們！早早就銷售一空了呢！」

「看吧，這跟老子講的一樣嘛。再怎麼說，一百本實在太少了。」

跟妖精一起擔任顧攤人員的愛爾咪聳聳肩膀抱怨。

兩位美少女不知為何穿著女僕裝。用這身打扮來擔任同人誌的顧攤人員，好像是妖精的夢想。

真是個有很多夢想的女人。

「成功了呢，哥哥！」

「是啊，雖然跟平常工作的感覺差滿多的——但是真的很有成就感呢。看到本子在眼前被人拿起來，真的很開心。」

「嗯！嗯！」

我跟紗霧相視而笑。

家裡蹲的症狀獲得改善的紗霧，連同人活動都能參加——當然還不可能。

跟往常一樣，她是透過平板來參加。

只不過，她在畫面的另一端還是有把女僕裝好好穿上。

當然，紗霧直到最後一刻都有在練習外出，但她無論如何都沒辦法克服「人群」。

如果是行人較少的早晨，她就可以跟我一起到外頭散步——

紗霧的現況大概就是這樣。

她那「要去學校上學」的願望，看來還要再一陣子才能實現。

即使如此，說不定……當我們的動畫開始播放的時候……

在新學期開始的四月……

也許就可以看到穿著制服，到國中去上學的紗霧。

這真是讓人感到幸福的事實。

「唔呵呵，關於我們的本子，馬上就有人在網路上提起了呢。」

我們的負責人用手機不斷自我搜尋，還邊哼歌邊把「售完」的牌子擺到攤位上。正好在這個時候，我們來了位訪客。這位黑髮和服美少女是誰呢？

「征宗學弟，我來了！」

是村征學姊。她單手微微舉起，有活力地揮著。

「歡迎光臨，學姊，謝謝妳專程來跑一趟。」

「無需感謝，只要可以讀到和泉征宗老師的新作小說，就算是天涯海角我也會趕去。」

村征學姊那張漂亮的臉蛋一口氣靠了過來。

實際上，就算活動會場是在阿拉斯加或是火星，我想她都會帶著笑容來的。

真是位讓人感激的讀者。

正因為如此，罪惡感也格外強烈。

你問「是對什麼的罪惡感」嗎？那就是——

「這不是村征嗎！妳來得正好呢！」

「妖精妳這傢伙！妳竟敢……妳竟敢這麼做！妳這邪惡的亞人種！」

「哎呀，突然是怎麼啦？妳的表情變得很可怕耶？」

「竟然給我裝傻~~~~！妳應該很清楚吧！我會像這樣怒火中燒的理由！」

村征學姊滿臉通紅，用誇張的反應來表達自己的憤怒。

雖然很失禮，但看起來真是可愛。

妖精也始終保持輕率的態度來應對。

「呵呵，是為了沒有邀妳來製作同人誌這件事而在生氣嗎？」

「沒錯！為什麼要排擠我！這是霸凌嗎！」

「這個世界上根本沒有人可以霸凌妳吧——而且妳自己不是說過嗎？說妳不喜歡多人一起進行創作，所以本小姐才沒有邀妳嘛。」

妖精並沒有說謊。

但是，正確來說是這樣。

『我們會變成千壽村征的絆腳石，所以沒辦法邀請她來製作。』

「嗚嗚嗚…………就算是這樣……那至少跟我說一聲也好……」

這也辦不到。

因為知道參加成員之中有和泉征宗的話，就會產生她「前來參加的可能性」了。

看著悔恨不已的學姊，就無法向她把緣由解釋清楚，真的非常過意不去。

妖精明明應該也是相同的感受，她卻不改那開朗的態度。

「抱歉抱歉，本小姐都道歉了妳就別生氣啦。好嘛，小村征？」

「可惡……我絕對不原諒妳……還會記恨個十年……先不說這個了，咳咳！咳哼！」

她像是要重新振作般咳了幾聲後——

「請給我一本『和泉征宗老師的同人誌』。」

終究只想閱讀我的小說的學姊，朝著妖精伸出雙手要求。

妖精笑嘻嘻地指著「售完」的牌子。

「現在才跑來，怎麼可能買得到想要的同人誌呢？」

「什麼～～～～～～～～～～～～～～～～！」

絕望的吶喊。

「因、因為你們會參加這場活動的事情！我是今天才知道呀！冬COMI這個單字也是剛剛才聽說！馬上就會賣光這種事……這我怎麼可能會知道嘛！真、真的連一本都沒有剩嗎……？難道我沒辦法讀到征宗學弟的新作了嗎……？」

「嘻嘻～要送給村征的本子，已～經有先預留一本了啦！」

「妳早點說啊，笨蛋！」

真的哭了出來的村征學姊收下本子後……

「喔喔……」

表情立刻變得開朗，把本子抱在胸前。

這真是會讓人羨慕起同人誌的情景。

她緊抱著本子一陣子後，狠狠瞪向捉弄自己的妖精。

「真是的……妳就是這種地方惹人厭！」

「就說抱歉了嘛。因為小村征實在太拚命了，忍不住就……」

「就是這種地方惹人厭！」

再次重複斥責的話語後，她就這樣站在原地開始閱讀起同人誌了。

她想要盡早開始閱讀，這是比起其他一切得要優先做的事。

她的行動宛如在說明這點。

照這樣看來，似乎馬上就可以聽到最直接的感想了。

「老師，老師啊，妳站在那邊會很擋路喔，進來攤位裡頭看吧，好不好？」

愛爾咪推著村征學姊的背，把她引導到適當的位置。

我們為了不妨礙學姊閱讀，默默地開始收拾攤位。

「妖精，妳想去逛會場的話，我就在這邊跟學姊她們一起顧攤位吧。」

「謝謝，不過，這次還是不用了。社團第一次參加活動的日子，本小姐想要一直待在這邊。」

「這樣啊。」

「而且——」

妖精往紙箱裡剩下的同人誌瞄了一眼。

那不是販售用的，而是為了送給認識的人，事先留下來的。

像是要送給隔壁的社團，或是送給剛才已經先來過的惠、席德還有草薙學長他們。而現在還留在紙箱裡頭的本子，只剩下最後一本了。

這一本要交給誰，妖精似乎已經決定好了。

無論是無法看出他人想法的人，又或是像輕小說主角那般遲鈍的人，都知道她要交給誰。

村征學姊過來的時機很剛好。

直到她把小說看完為止，就算同人誌已經售完，而且攤位也已經收拾完畢，我們也有了留在這裡的理由。

我們仔細聆聽村征學姊翻頁的聲音。

不久後，她靜靜地將書本闔上，大大地呼出一口氣。

「真是本好書。」

在簡短的總評之後……

「果然，這應該也要讓我參加才對。下次要記得找我喔。」

我們獲得最棒的稱讚。

我、妖精、愛爾咪還有映在螢幕上的紗霧，都猛力握起拳頭。

因為我們共同創作的作品，獲得「最嚴厲的讀者」賞識。

和泉征宗和山田妖精都不會變成千壽村征的絆腳石——就是這個意思。

「好耶！」

妖精大聲呼喊。

啪，我們互相擊掌。

這個瞬間，我們的心靈完全相通。

最近兩人之間的尷尬，也在這一刻被全部忘掉。

讓人想趁著這股氣勢，趁著這股熱度，開始討論下次的作品。

正當我和妖精同時想把熱烈的想法說出口時……

「看來進展得相當順呢，艾蜜莉？」

我轉頭往那道聲音望去。站在那邊的，是妖精期盼已久的人物。

「母親大人！您來了啊！」

「哎呀，我來參加冬COMI會很奇怪嗎？」

「與其說奇怪，不如說這樣超引人注目的耶。」

由於她太過美麗，看起來就像是藝人偷偷跑來參加活動似的。

妖精的母親用著感覺毫無興趣，但恐怕跟內心想法完全相反的語氣說：

「我說過要協助妳了吧？那麼，至少女兒和女婿的興趣和文化，我得好好學習一下啊。」

「什麼女兒和女婿啊，我應該說過自己沒有那種打算了。」

當我立刻予以否定，她感到有趣似的嗤笑了一聲。

然後低頭看向女兒的臉。

「怎麼？還沒把他攻陷下來嗎？」

「有慢慢地在攻略喔。」

「連『慢慢地』都沒有啦！我的心靈沒有遭受任何一絲侵蝕！紗霧妳也對她們講些什麼吧！」

「嗯！哥哥是我的！要跟哥哥結婚的人是我！才不會交給小妖精！」

就是說啊！多講一點！再多講一點！

當我在心中為紗霧加油打氣時，妖精開口說了句：

「紗霧妳也和征宗一起，跟本小姐結婚的話呢？」

「……唔……嗚……唔唔～～～～嗯…………」

「不要煩惱啊！」

「人、人家有拒絕啦，而且我想要獨占哥哥……」

是那樣就好。

是那樣就好！

沒錯……我們的關係可說是堅若磐石，就如銅牆鐵壁——

沒有半點能讓妖精趁虛而入的空隙。

根本沒有餘地可以容納這種脫離常識的提案。

「艾蜜莉，也跟老子我結婚吧。」

「哎呀，那就這麼辦吧。亞美莉亞也加進來，組個四人家庭吧。」

「她這麼說呢，征宗。將來要是這樣的話，要對我做色色的事情也沒關係喔。」

「真的假的。」

「哥哥！」

紗霧的怒吼讓我突然回過神來，盡可能保持冷靜地說：

「我沒有心動喔。」

「你有！絕對有心動！真受不了你～～～根本沒資格講我嘛！」

「就說沒有嘛！不是，真的啦！我只專情於紗霧而已！」

我慌慌張張地對惱火的紗霧辯解。

在這時候。

「那、那個，你們幾個！從剛才開始都在說些什麼！總覺得我又被排除在外了！」

唯一不清楚事情經過的村征學姊感到困惑。

紗霧在發脾氣，妖精在捉弄人，村征學姊的爆發量表開始累積，愛爾咪又來瞎攪和——現場形成混沌的空間。

「……呵，看來我會妨礙到你們，先回去嘍。」

妖精的母親聳肩說。

「咦？母親大人——您今天就住下來嘛！」

「我很忙，沒有那種閒工夫。」

為了見女兒一面，都特地跑來參加冬COMI了，這種說法未免也太牽強了吧……

我差不多開始了解這個人了。

雖然我很清楚對實際存在的人物用這種比喻是件很失禮的事情。

但她在我知道的人裡頭，是最像輕小說女主角的女性。

就是自古流傳下來的那種屬性。

她用不悅的態度把一個籃子遞給妖精。

「母親大人……這個是？」

「……參加冬COMI時，不是都會送些慰勞品嗎？」

「啊，難道說——這是您親手做的？」

對於開心的女兒，母親嚴厲地說：「請妳不要搞錯了。」

「這是做興趣時……那個……做失敗的……不是我原本的實力……」

「可以打開嗎？」

妖精一臉已經習慣的模樣，把謎樣的藉口當耳邊風，將遞來的籃子蓋子打開。

「哇……好懷念喔。」

放在裡頭的，是灑了各色巧克力米的麵包餅乾。

形狀參差不齊，一眼就能看出製作的人不擅長料理。

「因為……艾蜜莉……妳以前……很喜歡這個。」

害羞時會連耳根都變紅，這點跟女兒一模一樣。

妖精捏起小塊的麵包餅乾，一口吃下去。

「真好吃。母親大人，謝謝妳。」

「……不……客氣。那、那麼——我回去了。」

看著母親慌忙轉過身去的背影，妖精出聲叫住她。

「母親大人請等等。做為回禮——請收下這個。」

妖精親手交給她的，是我們製作的同人誌——的最後一本。

「這是大家一起創作的，還請您收下。」

「……是嗎。等回去之後，就讓我仔細閱讀吧。」

就像收到寶物般，妖精的母親踏著輕快的腳步離去。

閱讀之後，如果能覺得樂在其中就好了。

如果可以覺得有趣就好了。

那是我們社團第一次創作的同人誌。

由情色漫畫老師和愛爾咪老師繪製插畫。

以世界系為主題，使用相同的世界觀。

由和泉征宗與山田妖精來撰寫小說。

我所創作的主角，在文明崩壞的世界裡旅行，為了拯救深愛的女性，又引發了更加嚴重的

大變動。他犧牲了大多數的人類，僅存的貴重文明也徹底毀壞，還種下了會在數百年後發生的毀

滅的起因。

即使成為犯下重罪之人，即使受到全世界怨恨。

也還是貫徹了「只要能讓一個人獲得幸福，其他一切事物都不需要」的耿直情感。

這就是和泉征宗想要撰寫的故事。

閱讀彼此的作品時，妖精寫的小說還沒有完成。

——**本小姐覺得閱讀你的小說後，會產生幹勁。**

——**但如果是現在的本小姐，會寫出更棒的結局。**

曾經這麼說過的她，到底寫出了什麼樣的結局呢——

那是將一切納入手中的故事。

妖精創作的主角，在大變動過了數百年後的世界旅行，為了拯救深愛的女性，在各地大打出手。

旅途之中，他經歷了為數眾多的戰鬥，變得更加強悍，更加聰明，更加狡猾，更加狠心。

他成就了巨大的邪惡與正義。

招攬有能力的夥伴，獲得財富與權力，讓威信集於一身，運用各種謀略。

統治村莊，發展城鎮，建立國家，最後甚至還支配了世界。

一切都是為了堅持自己的任性妄為。

為了達成自己想做的事情。

為了實現夢想。

『想要拯救逐漸毀滅的世界。』

『想要拯救心愛的人。』

『絕對不能出現犧牲者。』

『順便連同祖先大人闖下的大罪都一起收拾乾淨吧。』

『全部交給本大爺就好。』

沒有放棄與捨棄任何事物，最後取得一切，讓所有人獲得幸福。

跟大家一起笑著結束一切。

就是這樣的故事。

最後一頁裡，變成老人的他被數量多到沒辦法全部進到家裡頭的子孫們圍繞著。

在人生最後的日子裡，放聲大笑。

這是一個男人達成夢想，實現野心，完成了一切的故事。

這是任何人都會忍不住憧憬，比任何人都還要幸福——一位強悍主角的故事。

山田妖精寫下的作品，向我展現了未來(夢想)。

對我說著，這很棒吧。

「征～宗，你在發什麼呆呀？」

她穿起大衣，叫我的名字。

陷入沉思的我被拉回現實，抬起頭來。

「妳的小說還真有趣呢。」

「嘻嘻～就是說吧～～～～！這早就知道啦！畢竟是本小姐寫的嘛！」

那燦爛的笑容，我一直都很喜歡。

毫無畏懼地述說野心的聲音，讓我感到心動。

說到做到，接二連三實現夢想的身影，讓我覺得興奮。

超乎我想像的言行舉止、突如其來的誘惑、主張的差異，也曾經讓我為之火大，或在內心生出疙瘩。

「不過，我最討厭妳就是了。」

「看來我們挺合得來的嘛，本小姐也最喜歡你了。」

真是的。

想強行硬闖進我們夢想裡頭的妳，真的是最討厭了。

真的很討厭很討厭……光是看到妳的臉，聽見妳的聲音……就覺得頭暈目眩。

胸口感到灼熱，感覺好像就要爆開。

現在也是如此。

就像出道作品發售的那天，就像發表了動畫化的那天。

這股心神不寧，無法冷靜下來的情緒變得亢奮，無論到何時都沒辦法結束。

自己將來要怎麼辦？想要成為什麼樣的人？要怎麼樣生活下去？

讓眾多年輕人煩惱的難題，和泉正宗總是可以立刻回答。

即使現在被問到相同的問題，我也依舊能馬上回答。

——要跟最喜歡的紗霧幸福地生活下去。

這是我的夢想，我所期望的結局（Happy End）。雖然絕對、絕對不會有所改變——

「接下來要跟紗霧會合，然後開慶功宴吧？」

「嗯嗯，是那樣沒錯。」

「好啦，快點，我們走吧。」

內心描繪的情景正在慢慢改變。

我跟妖精並肩走著，前往紗霧身邊。

Eromanga sensei Characters 情色漫畫老師登場角色

妖精與克里斯的母親。雖然無法率直表達心意，卻是個深愛著家人的人物。經過這次的事件後，變得很中意正宗。

後記

在此為大家獻上我目前能寫出來的最出色劇情。

雖然以前也講過相同的話，但只要閱讀本書後，可以覺得很有趣，可以因此歡笑過一次的話，那麼對我而言，就是比任何事物都珍貴的報酬。

二〇一九年九月　伏見つかさ

eromanga sensei

國家圖書館出版品預行編目資料

情色漫畫老師. 12, 山田小妖精逆轉勝利之章 / 伏見つかさ作；蔡環宇譯. -- 初版. -- 臺北市：臺灣角川, 2020.07

面；　公分. -- (Kadokawa fantastic novels)

譯自：エロマンガ先生. 12, 山田エルフちゃん逆転勝利の巻

ISBN 978-957-743-876-8(平裝)

861.57　　109006782

Kadokawa
Fantastic
Novels

情色漫畫老師 12
山田小妖精逆轉勝利之章

（原著名：エロマンガ先生 12 山田エルフちゃん逆転勝利の巻）

2020年7月30日　初版第1刷發行
2023年3月16日　初版第2刷發行

作　　者：伏見つかさ
插　　畫：かんざきひろ
日版設計：伸童舍
譯　　者：蔡環宇

發 行 人：岩崎剛人
總 編 輯：蔡佩芬
副總編輯：朱哲成
設計指導：陳晞叡
印　　務：李明修（主任）、張加恩（主任）、張凱棋

發 行 所：台灣角川股份有限公司
地　　址：104台北市中山區松江路223號3樓
電　　話：（02）2515-3000
傳　　真：（02）2515-0033
網　　址：www.kadokawa.com.tw
劃撥帳戶：台灣角川股份有限公司
劃撥帳號：19487412
法律顧問：有澤法律事務所
製　　版：尚騰印刷事業有限公司
ISBN：978-957-743-876-8
